Il Mago dei Ghiacci

Per *Natale a Camelot*
Titolo originale: Christmas in Camelot

Traduzione di Maria Bastanzetti

Per *Festa di Halloween al castello fantasma*
Titolo originale: Haunted Castle on Hallow's Eve

Traduzione di Maria Bastanzetti

Per *Mago Merlino e la Spada della Luce*
Titolo originale: Summer of the Sea Serpent

Traduzione di Barbara Ponti

Per *Il Mago dei Ghiacci*
Titolo originale: Winter of the Ice Wizard

Traduzione di Barbara Ponti

These translations published by arrangement
with Random House Inc., New York.

I Edizione 2005

15033 Casale Monferrato (AL) – Via del Carmine, 5
Tel. 0142/3361 – Telefax 0142/74223
www.edizpiemme.it

Stampa: Mondadori Printing S.p.A. - Stabilimento NSM - Cles (Trento)

Il Mago dei Ghiacci

di Mary Pope Osborne

Illustrazioni di
Sal Murdocca

PIEMME
Junior

Per Sal Murdocca,
mago dai poteri straordinari

Prologo

UN GIORNO D'ESTATE nel bosco di Frog Creek, in Pennsylvania, apparve come per incanto una misteriosa casetta su un albero.

Jack di otto anni e la sorellina Annie di sette si arrampicarono sull'albero, entrarono nella casetta e scoprirono che era piena... di libri meravigliosi!

Ben presto Jack e Annie si accorsero che quella casetta era magica. Poteva portarli ovunque: bastava indicare la copertina di un libro che parlasse di quel luogo ed esprimere il desiderio di trovarsi là. E ogni volta tornavano a casa con lo stesso sistema, puntando il dito sulla fotografia di Frog Creek, dove il tempo non era passato. Il ritorno avveniva sempre alla stessa ora in cui Jack e Annie erano partiti.

La magica casa sull'albero appartiene a Morgana: una fata che viaggia nel tempo e nello spazio, raccogliendo libri per la biblioteca di re Artù, il sovrano del regno di Camelot.

Ora è inverno. Jack e Annie non vedono Morgana né la magica casa sull'albero da molto tempo, ormai...

Libro Primo

Natale a Camelot

1

Un invito "reale"

Il sole era ormai tramontato e il cielo del tardo pomeriggio si stava facendo scuro. Grosse nubi piene di neve si stavano avvicinando.

– Sbrighiamoci – disse Jack. – Ho freddo.

Lui e Annie stavano tornando a casa da scuola. Erano cominciate le vacanze di Natale.

Cucù, cucù.

– Aspetta, Jack – disse Annie. – Guarda.

Stava indicando al fratello un uccello bianco sul ramo di un albero spoglio, al limitare del bosco. L'uccello li fissava intensamente.

– È una colomba – osservò Jack.

– È un messaggero – lo corresse Annie. – Un messaggero di Morgana.

– No – obiettò Jack, che temeva di restare deluso. Non vedevano la fata Morgana da molto tempo e Jack ne sentiva la mancanza.

– Ti dico di sì – insistette Annie. – Morgana deve affidarci una nuova missione. Ne sono sicura.

Nel silenzio del freddo crepuscolo la colomba aprì le ali e volò verso i boschi di Frog Creek.

– Andiamo! – esclamò Annie. – La magica casa sull'albero è tornata!

– La tua è soltanto una speranza – obiettò di nuovo Jack.

– Non ci spero, Jack, *io lo so*! – ribatté Annie mettendosi a correre verso il bosco, all'inseguimento della colomba bianca.

– Oh, cavoli! – sbottò Jack, innervosito, ma poi seguì la sorella.

Benché il buio fosse sempre più fitto, i due ragazzini trovarono facilmente la strada. Zigzagarono schivando abilmente i tronchi degli aberi spogli e corsero sul terreno gelato fino a raggiungere la quercia più alta del bosco.

– Visto? – esultò Annie indicando la cima dell'albero.

– Già – mormorò Jack.

C'era davvero: la magica casa sull'albero era tornata, finalmente.

– Morgana! – chiamò Annie.

Jack trattenne il respiro, aspettandosi di vedere la fata affacciarsi alla finestra della casetta. Ma Morgana non apparve.

Annie afferrò la scaletta di corda e cominciò a salire. Jack la seguì.

Quando furono all'interno della casetta, Jack vide qualcosa di chiaro per terra. Era un foglio di pergamena, arrotolato e legato con un nastro di velluto rosso.

Jack lo raccolse e lo srotolò rapidamente. Il foglio, spesso e ingiallito ai margini, era coperto di una fitta scrittura a caratteri d'oro.

– Accipicchia, che bel messaggio ci ha mandato Morgana questa volta! – esclamò Annie, ammirata.

– È un invito – riferì Jack. – Ascolta...

– *Natale a Camelot!* – bisbigliò Annie, sbalordita. – Non posso crederci!

– Fantastico... – disse Jack con un filo di voce. Immaginava già un meraviglioso castello scintillante di luci, pieno di dame e cavalieri che danzavano e cantavano allegramente.

– Andremo a festeggiare il Natale con Morgana e re Artù! – aggiunse Annie. – E con la regina Ginevra!

– Già – confermò suo fratello. – E anche con i Cavalieri della Tavola Rotonda, come Lancillotto...

– Cosa aspettiamo? – chiese Annie. – Dobbiamo andare! Dov'è il libro?

Lei e Jack si guardarono intorno alla ricerca di un libro che parlasse di Camelot. Ma l'unico libro che trovarono fu quello sulla Pennsylvania che li riportava sempre a casa.

– Che strano... – osservò Jack. – Morgana non ci ha mandato nessun libro su

Camelot insieme all'invito. Come pensa di farci arrivare?

– Non lo so – rispose Annie. – Forse se n'è dimenticata.

Jack riprese in mano la pergamena e la rilesse da cima a fondo, poi la girò, sperando di trovare qualche altra informazione. Ma il retro del foglio era bianco. Il ragazzo tese il foglio alla sorella.

– Dev'essersene proprio dimenticata – disse.

– Accipicchia! – esclamò Annie, delusa. – Quanto vorrei andare a Camelot...

I rami degli alberi si agitarono.

Il vento cominciò a soffiare.

– Che cosa sta succedendo? – chiese Jack.

– Non lo so... – rispose Annie.

– Aspetta un attimo – esclamò suo fratello. – Tu avevi in mano l'invito di Morgana e hai espresso un desiderio...

Il vento soffiava sempre più forte.

– La mia frase deve aver fatto la magia! – intuì Annie.

Il cuore di Jack si riempì di gioia.

– Stiamo andando a Camelot! – esultò.

La magica casa sull'albero cominciò a girare vorticosamente su se stessa.

Il vento ululava e la casetta girava sempre più veloce, sempre più forte.

Poi, all'improvviso, tutto si fermò, immobile.

Perfettamente immobile.

2
Questa è Camelot?

JACK RABBRIVIDÌ. Quando respirava, il freddo trasformava il suo fiato in una nuvoletta di vapore.

Annie era affacciata alla finestra della casetta magica. – *Questa* è Camelot? – esclamò, meravigliata.

Jack la raggiunse. La magica casa sull'albero si era posata in un boschetto di alti alberi spogli. Un grande castello buio

si stagliava contro il cielo grigio. Nessuna delle finestre era illuminata. Non c'erano stendardi alle torrette e il vento fischiava solitario fra gli alti torrioni.

– Sembra deserto – osservò Annie.

– Già – concordò suo fratello. – Speriamo di essere nel posto giusto.

Jack prese il diario e la matita. Voleva descrivere quel castello cupo e misterioso.

– Ehi, c'è qualcuno – notò in quel momento Annie.

Jack tornò ad affacciarsi alla finestrella.

Una donna camminava sul ponte levatoio del castello. Indossava un lungo mantello e portava una lanterna accesa. I suoi capelli, lunghi e candidi, erano agitati dal vento.

– Morgana! – esclamarono all'unisono Annie e Jack, ridendo sollevati.

La fata Morgana corse sul terreno gelato verso il boschetto. – Annie? Jack? Siete voi? – chiese.

– Certo che siamo noi! Chi credevi che fossimo? – strillò Annie, cominciando a scendere giù per la scaletta di corda.

Jack infilò frettolosamente il diario nello zainetto da cui non si separava mai e seguì la sorella. Quando raggiunsero il suolo ghiacciato, corsero insieme verso Morgana e le gettarono le braccia al collo.

– Stavo guardando fuori da una finestra del castello e ho visto un lampo di luce nel frutteto – spiegò Morgana. – Che cosa ci fate qui?

– Ma non ci hai mandato tu la casetta magica? – si stupì Jack.

– E anche un rotolo di pergamena con l'invito a trascorrere il Natale a Camelot? – aggiunse Annie.

– No! – rispose Morgana, cadendo dalle nuvole. Sembrava piuttosto allarmata.

– Ma l'invito era firmato con una M – sottolineò Jack.

– Non capisco… – mormorò la fata bibliotecaria. – Quest'anno a Camelot il Natale non sarà festeggiato.

– No? – chiese Jack.

– E perché? – aggiunse sua sorella.

Un velo di tristezza appannò lo sguardo di Morgana.

– Qualche tempo fa re Artù, il nostro amato sovrano, ha dovuto combattere contro Mordred, il suo peggiore nemico –

cominciò a spiegare la fata. – Beh, naturalmente l'ha sconfitto, ma prima che ci riuscisse, il Mago Nero di Mordred è riuscito a gettare uno dei suoi malvagi incantesimi sull'intero regno. E in questo modo ha tolto a Camelot tutta la gioia e la serenità che l'hanno sempre contraddistinta.

– Ma come... *Tutta* la serenità?

Annie non credeva alle sue orecchie.

– Sì – confermò Morgana. – Sono mesi, ormai, che a Camelot non c'è più musica, non si organizzano feste, non si sente una risata...

– Oh, no... – gemette Annie.

– E noi cosa possiamo fare per cambiare le cose? – domandò Jack.

Morgana sorrise tristemente.

– Ho paura che questa volta, purtroppo, voi due non possiate fare nulla – rispose. – Ma sicuramente re Artù sarà felice di conoscervi e magari l'incontro gli solleverà un po' lo spirito. Venite con me, vi accompagno al castello.

Morgana alzò la lanterna per far luce e si incamminò verso il ponte levatoio.

Jack e Annie la seguirono di corsa.

L'erba gelata scricchiolava sotto le suole delle loro scarpe da ginnastica mentre attraversavano il prato che circondava il castello.

I due ragazzini seguirono la fata Morgana oltre il ponte sul fossato e attraverso un grande cancello. Nel cortile interno non c'era anima viva.

– Dove sono andati gli altri? – mormorò Annie al fratello.

– Non lo so – bisbigliò lui di rimando. Jack avrebbe tanto desiderato avere con sé un libro che parlasse di Camelot. L'avrebbe aiutato a capire che cosa stava succedendo.

Morgana condusse i ragazzini fino a un grande arco di pietra chiuso da due porte di legno. Si fermò e guardò Jack intensamente.

– Temo proprio che nessun libro potrebbe aiutarti stasera, Jack – disse.

Jack era sbalordito. Morgana aveva letto i suoi pensieri.

– Perché no? – chiese Annie.

– In tutti i vostri viaggi avete visitato luoghi ed epoche *veri,* reali – spiegò la fata bibliotecaria. – Ma per Camelot non è così.

– Perché? – chiese allora Jack.

– La storia di Camelot è una leggenda – proseguì Morgana. – Una leggenda è una storia che comincia nella realtà. Ma poi l'immaginazione prende il sopravvento. Persone diverse in tempi diversi raccontano la stessa storia e usano la loro fantasia per arricchirla... insomma, aggiungono delle parti. È così che una leggenda resta viva nella memoria.

– Allora stasera noi aggiungeremo la *nostra* parte – intervenne Annie.

– Esatto – rispose Morgana. – E mi raccomando, ve ne prego con tutto il cuore, – alla debole luce della lanterna il volto della fata appariva estremamente preoc-

cupato e molto serio – non permettete che la storia di Camelot finisca per sempre. Fate sì che il nostro regno sopravviva... salvatelo!

– Certo che non lo permetteremo! – la rassicurò Annie.

– Bene – concluse Morgana. – Venite, allora. Entriamo nel salone principale. Il re è lì.

Morgana sollevò un chiavistello di metallo e spinse i pesanti battenti della porta. Jack e Annie la seguirono nel castello buio.

3
I Cavalieri della Tavola Rotonda

Un paio di torce illuminava debolmente il grande atrio del castello, gelido e pieno di spifferi. Le ombre danzavano cupamente sulle pareti coperte di tappezzerie ormai consumate.

– Aspettatemi qui – disse Morgana. – Annuncerò al re il vostro arrivo –. La fata oltrepassò il grande arco in pietra che portava al salone principale.

– Andiamo a vedere – propose Annie.

Jack si aggiustò gli occhiali sul naso. Lui e Annie camminarono silenziosamente fino al grande arco e sbirciarono oltre.

Il soffitto del salone principale torreggiava altissimo sopra il pavimento di pietra.

A un'estremità della grande sala re Artù e i suoi cavalieri erano seduti intorno a un grande tavolo rotondo. Tutti indossavano semplici tuniche marroni e avevano capelli lunghi e barba. I loro nomi erano incisi a lettere d'oro sull'alto schienale delle sedie.

– I Cavalieri della Tavola Rotonda! – bisbigliò Jack, senza fiato per l'emozione.

Morgana stava parlando con re Artù. Vicino a lui era seduta una donna bellissima, vestita con un semplice abito grigio. Era pallida, e i suoi capelli castani erano ricci.

– Dev'essere Ginevra – bisbigliò Annie.

Morgana si girò e Jack e Annie si ritirarono rapidamente nell'ombra. Un istante dopo, Morgana apparve al loro fianco.

– Ho detto al re che sono venuti a trovarlo due amici speciali – li informò. – Seguitemi, ragazzi.

Jack rabbrividì mentre attraversavano di buon passo il grande salone. La stanza era piena di spifferi e molto umida. Il caminetto era spento. Il pavimento di pietra era così freddo che Jack sentiva il gelo attraverso le suole delle scarpe.

Si fermarono vicino alla Tavola Rotonda e re Artù rivolse ai due ragazzini uno sguardo penetrante. Il sovrano aveva gli occhi grigi.

– Veniamo da Frog Creek e porgiamo i nostri saluti – disse Annie al re e alla regina, facendo una riverenza. Jack la imitò e si inchinò.

La regina sorrise, ma il re non lo fece.

– Vostra Maestà, posso presentarvi Jack e Annie? – intervenne allora Morgana. – Ricordate che vi ho parlato di loro? Mi hanno aiutato moltissimo ultimamente, e hanno salvato un gran numero di storie.

– Ricordo perfettamente, fata Morgana – rispose gentilmente il re. – Buonasera, Annie. Buonasera, Jack. Che cosa vi porta a Camelot in questa lugubre notte?

– Siamo venuti con la magica casa sull'albero – rispose Annie.

Un'ombra oscurò il volto del re, che lanciò uno sguardo irritato a Morgana.

– No, Vostra Maestà. Non ho usato il mio potere magico per portarli qui – spiegò la fata. – Forse un pizzico di magia è rimasta nella casetta ed essa ha viaggiato da sola.

«Che cosa succede?» si chiese Jack, perplesso. «Perché re Artù sembra irritato dall'arrivo della magica casa sull'albero?»

Il sovrano tornò a rivolgersi ai due giovani ospiti.

– In qualunque modo siate arrivati, siete i benvenuti nel mio regno – disse.

A quelle parole, la regina Ginevra sorrise di nuovo, ma il suo sguardo era triste.

– Ho sentito molto parlare di voi – dichiarò.

– Permettetemi di presentarvi i miei cavalieri – intervenne il re. – Bors, Kay, Tristano...

Mentre il re elencava uno dopo l'altro i

cavalieri, Jack e Annie annuivano timidamente. Ogni cavaliere ricambiò con un cenno del capo. Jack aspettava con ansia di udire il nome di Lancillotto, il più famoso dei Cavalieri della Tavola Rotonda. Ma il re non lo pronunciò.

– Infine, ecco Bedivere e Galvano – concluse re Artù, prima di indicare tre sedie vuote. – Là, invece, sedevano una volta tre cavalieri che si sono persi – spiegò.

«Come... persi?» si domandò Jack.

– Potete sedervi ai loro posti e unirvi a noi per la cena – continuò il re.

– Grazie – rispose Annie.

Mentre seguiva Morgana intorno alla tavola, Jack lesse i nomi incisi sugli schienali delle sedie non occupate: Lancillotto, Galahad e Parsifal.

Jack si sfilò lo zainetto dalle spalle e si sedette al posto di Lancillotto.

Seduto con la schiena ben dritta sul pesante sedile di legno, il ragazzino posò lo sguardo sul re di Camelot e sui suoi cavalieri. Strappavano la carne direttamente dalle ossa che tenevano in mano e bevevano rumorosamente dai pesanti calici. Mangiavano voracemente, ma senza gioia, e non rispettavano le buone maniere.

Jack avrebbe tanto voluto prendere appunti. Raccolse lo zainetto, che aveva lasciato scivolare sotto il tavolo, e prese diario e matita. Ma prima che riuscisse a scrivere una parola, un giovane servitore portò in tavola altro cibo. Jack si affrettò a riporre ogni cosa. Il ragazzo gli mise davanti una fetta di manzo piuttosto unta, su una spessa fetta di pane umidiccio. Il cibo aveva un aspetto terribile.

– Non è una gran cena di Natale, vero? – osservò Annie a bassa voce.

Jack annuì, ma non disse una parola.

La ragazzina si chinò verso Morgana e con un filo di voce, affinché il re non sentisse, le chiese: – Che cosa è successo ai tre cavalieri che si sono persi?

– Dopo che il Mago Nero di Mordred ha gettato il suo incantesimo, il re ha chiamato in aiuto i maghi di Camelot, – rispose la fata Morgana – che gli hanno detto di mandare i suoi cavalieri in missione nell'Altro Mondo, per riportare a Camelot la serenità perduta.

– Che cos'è l'Altro Mondo? – domandò Jack.

– È un antico territorio magico, che si estende al di là dei confini della Terra – rispose Morgana. – Il luogo dove ogni magia ebbe inizio.

– Accipicchia! – bisbigliò Annie, impressionata.

– Il re ha scelto allora i tre cavalieri più coraggiosi perché si recassero in quei luoghi misteriosi – proseguì la fata. – Ma i cavalieri non sono tornati indietro e re Artù se l'è presa con i maghi che gli avevano dato quel suggerimento. Sconvolto dal dolore, ha attribuito loro la colpa di tutti i guai del regno. E da allora ha bandito ogni tipo di magia da Camelot, per l'eternità.

– Ma *tu* sei una fata – obiettò Annie. – Il re se l'è presa anche con te?

– Io e Artù siamo amici da moltissimo tempo, – spiegò Morgana – perciò mi ha permesso di restare a vivere nel castello, in cambio della promessa da parte mia di non praticare mai più la magia.

Jack si sentì invadere dal panico. – Questo... questo significa che la magica casa sull'albero è...?

Morgana annuì, dispiaciuta. – Esatto. Bandita dal regno di Camelot – confermò. – Temo che questo sarà il vostro ultimo viaggio. E sarà anche il nostro ultimo incontro –. Le si riempirono gli occhi di lacrime e distolse lo sguardo per nasconderle.

– Cosa? Il nostro ultimo incontro? *Per sempre?* – sbottò Annie.

Prima che la fata bibliotecaria potesse risponderle, i battenti della grande porta si spalancarono con un colpo secco.

Il vento irruppe nel grande salone. Le fiamme delle torce e delle candele si ravvivarono e le ombre che proiettavano danzarono contro le pareti ancora più vivacemente.

Il suono ritmico degli zoccoli di un cavallo riempì la stanza e un cavaliere in groppa a un enorme destriero oltrepassò l'arco d'ingresso.

Il cavaliere era vestito di rosso, dall'elmo scintillante al lungo mantello. Il cavallo, invece, era bardato in verde.

– Uau! – esclamò Annie trattenendo il respiro. – Dev'essere il Cavaliere del Natale! Questa è una magia...!

4
Chi deve andare?

– SONO VENUTO PER ARTÙ, il re! – dichiarò il Cavaliere del Natale. La voce echeggiò profonda all'interno dell'elmo. La rossa armatura scintillava alla luce delle torce.

Re Artù si alzò in piedi. Rivolse al cavaliere uno sguardo fiero, ma parlò con calma e fermezza.

– *Io* sono Artù – rispose. – Chi sei tu?

Il cavaliere non rispose alla domanda del re.

– Ah. Dunque tu saresti il leggendario re Artù di Camelot – ribatté in tono ironico. – E questi devono essere i famosi Cavalieri della Tavola Rotonda.

– In persona – confermò re Artù. – Te lo chiedo di nuovo: chi sei *tu*?

Per la seconda volta il cavaliere non rispose alla domanda del re.

– L'incantesimo del malvagio Mago Nero ha rubato a Camelot la serenità – dichiarò il Cavaliere del Natale. – Ha anche rubato il *coraggio* a te e ai tuoi uomini?

– Come osi mettere in dubbio il nostro coraggio? – sbottò re Artù, furibondo.

– CAMELOT STA MORENDO! – tuonò il Cavaliere del Natale. – Perché nessuno di voi ha compiuto il viaggio nell'Altro Mondo per riportargli la serenità?

– Ho assegnato questa missione ai miei cavalieri migliori, – rispose il re – ma non sono tornati.

– ALLORA MANDANE ALTRI! – replicò il cavaliere con voce tonante.

– NO! – urlò il re, picchiando i pugni sul tavolo. – Non manderò *mai più* allo sbaraglio uomini validi, perché finiscano tra le grinfie dei mostri e degli incantesimi dell'Altro Mondo!

Jack fu scosso da un brivido. *Quali mostri?*

– In questo caso hai già scelto il tuo destino – dichiarò il Cavaliere del Natale. – Se non intendi mandare più nessuno nell'Altro Mondo, tutto ciò che il tuo regno ha conquistato nel tempo, tutte le sue meraviglie, la bellezza, la musica, la luce, tutto ciò che Camelot è stato e che potrebbe essere... sarà perso e dimenticato per sempre.

– No! – strillò Annie a quelle parole.

Il Cavaliere del Natale guardò uno per uno i cavalieri intorno al tavolo. – CHI ANDRÀ? – tuonò ancora.

– Andiamo *noi*! – gridò Annie.

– Noi? – ripeté Jack, allibito.

– Sì! Andremo noi a riconquistare la serenità perduta! – strillò ancora Annie, convintissima. E balzò in piedi come una molla.

– No! – si oppose la fata Morgana.

– Mai – dichiarò re Artù.

– Annie! – esclamò Jack, saltando in

piedi e cercando di fermare l'intrepida sorella.

– SÌ! – tuonò il Cavaliere del Natale. Puntò la mano guantata di rosso verso i due ragazzini. – Andranno i più giovani di tutti i presenti!

– Ti stai prendendo gioco di noi! – gridò re Artù.

– ANDRANNO I DUE RAGAZZI! – tuonò il cavaliere. La sua voce rimbombò in tutto il salone.

«Oh, cavoli!» pensò Jack, spaventato.

– Sìììì! – esultò Annie, spingendo il fratello davanti al Cavaliere del Natale.

Re Artù si rivolse ai suoi uomini. – Fermateli!

Un gran numero di cavalieri si precipitò alle spalle di Jack e Annie. Ma il Cavaliere del Natale sollevò improvvisamente una mano guantata nell'aria, con un gesto deciso.

E istantaneamente la stanza e i suoi occupanti caddero in un silenzio mortale, immobili come statue.

Re Artù sembrava la rappresentazione di un re in preda all'ira. La regina Ginevra sembrava la statua di una regina preoccupata. I Cavalieri della Tavola Rotonda sembravano le statue di un gruppo di cavalieri all'attacco.

La fata Morgana, infine, era la perfetta rappresentazione di un'amica affettuosa e protettiva. Aveva la bocca aperta, come per chiamare Jack e Annie. Ma nessun suono usciva dalle sue labbra, non una parola né una raccomandazione.

5
Rime misteriose

– Morgana? – disse Annie, un po' titubante.

La ragazzina corse verso il grande tavolo. Sfiorò la guancia di Morgana e ritrasse in fretta la mano.

– È fredda! È fredda come il ghiaccio! – esclamò con gli occhi pieni di lacrime.

Annie si girò come una furia verso il Cavaliere del Natale. – Che cos'hai fatto alla fata Morgana? – chiese arrabbiatissima. – Falla tornare indietro!

– Non temere – la tranquillizzò il misterioso cavaliere. La sua voce era più bassa e gentile di pochi istanti prima. – Tornerà alla vita non appena avrete portato a termine la missione che vi è stata affidata.

– Ma... ma quale sarebbe esattamente la nostra missione? – intervenne Jack.

– Dovrete viaggiare fino all'Altro Mondo – spiegò il Cavaliere del Natale. – Là troverete un calderone colmo d'acqua. È l'Acqua della Memoria e della Fantasia. Dovete portare a Camelot una coppa di quell'acqua. Se fallirete, il regno di Camelot sarà morto *per sempre*.

– E come riusciremo a fare tutto ciò? – chiese Annie, asciugandosi gli occhi.

– Ricordate queste tre rime – disse lui.

– Aspetta, devo prendere nota – avvertì Jack.

Prese diario e matita, ma gli tremavano le mani e fece una gran fatica. Poi guardò fisso il cavaliere.

La voce profonda uscì dall'elmo:

– *Ricorda che oltre il grande cancello,*
attendono i Custodi del Calderone,
sul più bello...

Jack scrisse rapidamente le parole del cavaliere. – Ci sono. Puoi continuare. Qual è la prossima rima? – disse alla fine.

Il cavaliere proseguì:

– *Quattro sono i doni per te.*
Il primo lo riceverai da me.
Arriverà una coppa, e poi
una bussola, ma solo se lo vuoi.
Una chiave è il quarto dono,
così in totale quattro sono.

– Coppa... bussola... chiave... Ho scritto tutto – confermò Jack.

La voce del Cavaliere del Natale tuonò di nuovo:

– *Se tutto va come dovrebbe andare,*
la porta segreta a ovest devi cercare.

Jack trascrisse anche l'ultima rima, poi alzò lo sguardo verso il cavaliere.

– C'è altro? – domandò.

Senza aggiungere una parola, il cavaliere si tolse il mantello rosso e lo lasciò cadere per terra. L'indumento scivolò silenziosamente giù dalle sue spalle, ai piedi dei due fratellini.

Dopodiché il Cavaliere del Natale fece schioccare le redini rosse e il cavallo partì al galoppo.

6

Una bianca cometa

QUANDO IL CAVALIERE sconosciuto se ne fu andato, l'intensità della luce delle candele e delle torce del grande salone diminuì e un indescrivibile gelo si diffuse in tutta la stanza.

– Che cosa significano queste rime? – disse Jack, rileggendo la pagina di appunti. – Chi sono i Custodi? Cos'è il Calderone? E qual è la porta segreta?

– Non lo so – rispose Annie, angosciata. – L'unica cosa che so è che dobbiamo salvare Morgana.

Raccolse il mantello rosso, che era rimasto sul pavimento. – Abbiamo il primo dei quattro doni – disse. – Andiamo.

– Aspetta... prima dovremmo riuscire a capirci qualcosa – la trattenne il fratello, indicando le rime che il Cavaliere del Natale gli aveva dettato.

– No. Dobbiamo andare e basta – stabilì Annie, decisa. Detto questo, la ragazzina fece dietrofront e si diresse verso il grande arco che conduceva all'esterno.

Jack si aggiustò gli occhiali sul naso e si voltò a guardare la Tavola Rotonda, il re e la regina, i cavalieri e la fata Morgana, tutti congelati, immobili e silenziosi.

Jack era molto affezionato a Morgana. La fata era per lui e sua sorella una cara amica e una maestra di vita. Se lui e Annie non fossero riusciti a portare a termine la missione, la storia di Morgana, le storie su Camelot e tutte quelle che parlavano della magica casa sull'albero sarebbero andate perse per sempre.

Era una grande responsabilità. Jack sospirò profondamente, per farsi coraggio. Infilò il diario nello zainetto e si girò verso l'arco.

– Annie? – chiamò.

Se n'era andata.

– Annie, aspetta! – gridò il ragazzo. – Vengo anch'io! Aspettami!

Jack corse fuori dal grande salone.

– Annie!

– Sono qui – rispose lei quietamente. – Ti stavo aspettando –. La ragazzina era sulla soglia del grande portone e sbirciava fuori. – Come facciamo a raggiungere l'Altro Mondo? – chiese al fratello.

– Forse ci può portare la casetta magica – rispose lui. – Dai, andiamo.

Insieme, fratello e sorella attraversarono il cortile interno del castello e oltrepassarono il ponte levatoio. Poi corsero sul terreno ghiacciato fino al frutteto, illuminato dalla luna.

Tenendo saldamente il mantello rosso, Annie cominciò a salir su per la scaletta di corda. Jack la seguì. I due fratellini si infilarono quasi contemporaneamente nell'apertura sul pavimento ed entrarono nella casetta.

Annie prese il rotolo di pergamena con l'invito. – Chiudi gli occhi – suggerì al fratello. – Provo a esprimere il desiderio.

Jack chiuse gli occhi. Aveva freddo e tremava come una foglia.

– Vorrei tanto andare nell'Altro Mondo, in questo stesso istante – disse Annie.

I rami spogli degli alberi si agitarono, scossi dal vento.

– Forse sta funzionando! – bisbigliò la ragazzina.

Il vento calò improvvisamente.

Jack riaprì gli occhi. Lui e Annie si affacciarono alla finestrella. Il castello immerso nell'oscurità si stagliava come una macchia nera contro il cielo. Erano ancora a Camelot.

– Non-non ha fu-fu-funzionato! – precisò Jack, battendo i denti.

– Invece sì! – obiettò Annie in un sussurro. – Guarda là.

Ai piedi dell'albero su cui era posata la casetta magica c'era il più grosso cervo che avessero mai visto. Lo splendido animale guardava verso di loro con i grandi occhi ambrati. Le grandi corna ramificate sembravano scintillare nel gelido chiaro di luna.

Ma la cosa più stupefacente era che quel cervo era bianco, candido come neve appena caduta dal cielo.

– Un cervo bianco!

Jack non credeva ai suoi occhi.

Nuvolette di vapore uscivano dalle na-

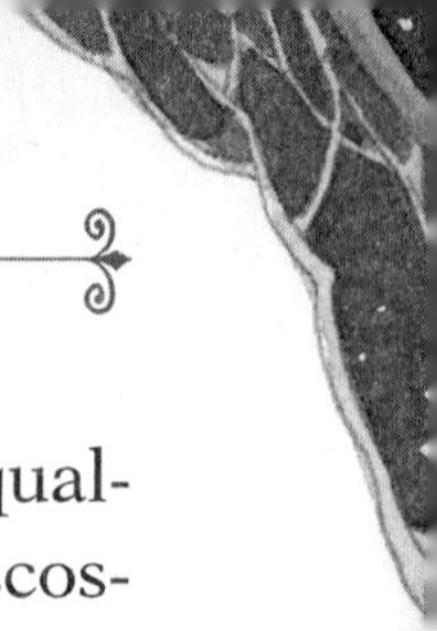

rici frementi dell'animale, che fece qualche passo verso la casetta magica e scosse la grossa testa.

– È venuto per accompagnarci nel nostro viaggio – asserì Annie.

– Guarda che i cervi non si cavalcano – obiettò Jack.

Ma Annie stava già scendendo giù per la scaletta. Jack la osservò dalla finestra: sua sorella si avvicinò al cervo bianco e gli parlò con dolcezza. Il ragazzo raccolse il pesante mantello di velluto e stringendolo al petto scese a terra. Poi corse verso Annie e il cervo bianco.

– Mettiti il mantello sulle spalle e sali dietro di me – suggerì Annie.

Jack si mise sulle spalle il mantello rosso, coprendo anche lo zainetto che aveva sulla schiena, e se lo legò intorno al collo. Non appena il morbido tessuto lo avvolse, il ragazzo si sentì al caldo e al sicuro.

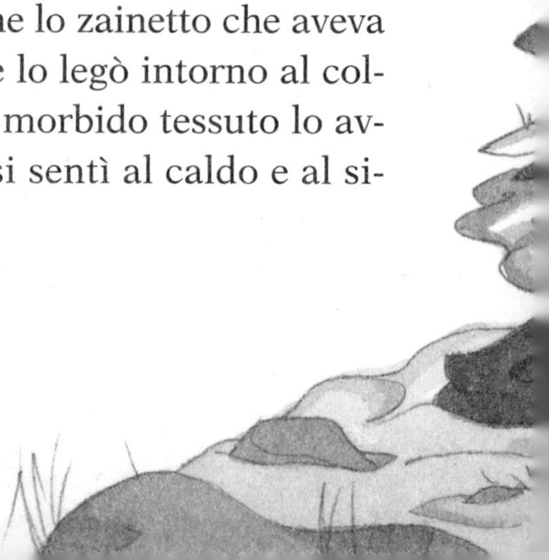

– Pronto? – chiese Annie.

– Sì – rispose lui, montando in groppa al cervo dietro la sorellina.

Il cervo bianco si alzò lentamente, senza scossoni. Annie si chinò in avanti e gli strinse le braccia intorno al collo. Anche Jack si chinò in avanti, aggrappandosi alla sorella.

Il mantello di velluto rosso li copriva entrambi e ricadeva sotto i loro piedi.

Il cervo bianco si incamminò con grazia sul terreno gelato e oltrepassò il cancello esterno del castello. Sbuffò, emettendo una nube di vapore, poi partì di corsa.

Jack si tenne saldamente alla sorella, mentre il cervo sfrecciava attraverso i campi coperti da uno spesso strato di ghiaccio. L'animale balzava agilmente oltre siepi, muri di cinta e persino ruscelli ghiacciati.

Le trecce di Annie fluttuavano nell'aria.

Il mantello rosso ondeggiava alle loro spalle, gonfio di vento.

Jack era stupito: non avrebbe mai pensato che fosse così facile cavalcare un cervo. L'animale, come una bianca cometa, volava nella campagna gelida e desolata, e Jack si sentiva tranquillo e sicuro sul suo dorso.

Il cervo superò greggi di pecore e branchi di capre addormentate nella brughiera. Oltrepassò capanne dal tetto di paglia e stalle silenziose, continuando a correre nell'oscurità della notte stellata.

In lontananza Jack vide una catena montuosa, offuscata dalle nubi. Quando furono più vicini alle pendici scoscese, Jack si convinse che il cervo a quel punto si sarebbe fermato. Invece continuò nel suo galoppo sfrenato, senza neppure rallentare.

L'animale si fermò sull'orlo di un burrone. In un turbinio di vento e nebbia, si inginocchiò perché i due passeggeri potessero smontare.

Poi si rialzò e guardò i due ragazzini con i suoi occhi ambrati e luminosi.

– Grazie! – esclamò Annie. – Adesso devi tornare?

Il cervo chinò il capo e lo sollevò di nuovo. Sbuffò, poi fece un balzo e si allontanò, svanendo nella fitta foschia.

– Ciao – lo salutò Annie, dispiaciuta. Fissò la nebbia per qualche istante, poi si rivolse al fratello: – Adesso che cosa facciamo?

– Non lo so – ammise lui. – Proviamo a rileggere le tre rime.

Frugò sotto il mantello rosso e si sfilò lo zaino dalle spalle. Prese il diario e cominciò a leggere ad alta voce:

– *Ricorda che oltre il grande cancello...*

– Jack! – lo interruppe Annie. – Guarda!

Jack alzò lo sguardo. Il vento aveva diradato un po' la fitta nebbia. Oltre il dirupo s'innalzava un'altra montagna, contro cui si stagliava un grande cancello. Una pallida luce brillava tra le spesse sbarre di metallo. Due cavalieri dall'armatura dorata facevano la guardia sotto due torce fiammeggianti.

– Oh, cavoli... – mormorò Jack.

– Quello è... il grande cancello! – esclamò Annie. – Se lo superiamo, saremo nell'Altro Mondo!

7
Ottimo trucco!

IL VENTO SOFFIÒ VIA un altro po' di nebbia e i due ragazzini videro un ponte. Era costruito con spesse assi di legno tenute insieme da bande metalliche, e univa l'orlo del burrone dove si trovavano Jack e Annie con il grande cancello.

– Dai, andiamo! – incitò Annie.

– Aspetta! – la trattenne Jack. – E le guardie?

I due soldati dall'armatura dorata erano perfettamente immobili. Le lunghe lance scintillavano alla luce delle torce.

– Non so cosa dire – ammise Annie. – Leggi la seconda rima.

Jack sfogliò il diario e lesse a voce alta:

– *Quattro sono i doni per te.*

Il primo lo riceverai da me.
Arriverà una coppa, e poi
una bussola, ma solo se lo vuoi.
Una chiave è il quarto dono,
così in totale quattro sono.

– Il primo dono è il mantello del Cavaliere del Natale – disse Annie.

– Già, e immagino che debba aiutarci in qualche modo – confermò Jack.

Slacciò il mantello e se lo tolse, poi lo sollevò davanti a sé per studiarlo con attenzione.

– Forse questo mantello rende invisibile chi lo porta – suggerì Annie.

– Ma figurati...! – la liquidò il fratello.

– Guarda che in molte storie i mantelli servono proprio a questo – ribatté lei, convinta.

– Beh, io però non sono diventato invisibile... – sottolineò Jack.

– Forse lo indossavi nel modo sbagliato – osservò Annie. – Dammelo un attimo.

– Oh, cavoli... – mormorò Jack, ma tese il mantello alla sorella. Mentre la ragzzina se lo metteva sulle spalle, il velluto rosso si sollevò, gonfiato dal vento.

– Mi vedi? – chiese poi al fratello.

– Sì, Annie, ti vedo – rispose lui alzando gli occhi al cielo.

Jack si girò a guardare il grande cancello. «Se anche riusciamo a superare il controllo delle guardie, che cosa faremo poi?» si chiese. «L'Altro Mondo ha inghiottito i migliori cavalieri di Camelot. E re Artù ha detto che è un luogo pieno di magia e di terribili mostri.»

– Jack! Guardami adesso.

Jack si girò verso la sorella. Ma lei non c'era.

– Annie, dove ti sei nascosta? – chiese il ragazzino scrutando nel buio.

– Ehi, funziona!

– Dove sei? – ripeté Jack, guardandosi intorno.

– Sono qui.

Qualcosa toccò la guancia di Jack.

– Aah! – strillò lui, facendo un balzo all'indietro.

– Ma sono io! Sono invisibile! Mi sono messa il cappuccio in testa. È questo il trucco!

Jack era sbalordito e sentì un brivido corrergli lungo la schiena.

– Oh, cavoli! – mormorò con un filo di voce.

– Guarda bene. Adesso mi tolgo il cappuccio –. E in un battibaleno Annie fu di nuovo visibile. – Fa impressione essere invisibili – disse al fratello.

Jack era senza parole.

– La magia entra in azione soltanto se si indossa il cappuccio – spiegò Annie. – Ottimo trucco, non ti pare?

– Già – rispose Jack, scrollando la testa. – Un po' bizzarro, forse...

– Non preoccuparti delle stranezze. È un sistema grandioso per superare il cancello senza farsi vedere dalle guardie – lo tranquillizzò Annie. – E poi è un buon modo per nascondersi quando saremo nell'Altro Mondo. Non sappiamo cosa troveremo, laggiù... Ricordi? Il re ha parlato di mostri e incantesimi!

– Non hai tutti i torti, sorellina – ammise Jack.

– D'accordo – disse Annie. – Allora vieni vicino a me e non muoverti.

Jack mise il diario nello zainetto e la sorella gli gettò il mantello intorno alle spalle, sopra lo zaino.

– Fantastico. È abbastanza grande per coprirci entrambi – esultò la ragazzina. Si avvolse con cura nel pesante mantello e poi sollevò il grande cappuccio sopra la sua testa e quella del fratello.

Jack guardò in basso. Non vedeva più il suo corpo! Che brutta sensazione... Jack non riusciva a respirare e gettò indietro il cappuccio.

– Non mi piace... è orribile! – esclamò.

– Te l'ho detto che fa impressione – disse Annie. – Ma se non usiamo il mantello, le guardie non ci faranno mai passare.

– Sì, lo so, e non avremo nessun tipo di protezione nell'Altro Mondo – concordò lui. Fece un profondo respiro. – Va bene, possiamo andare.

Annie tornò a sollevare il cappuccio.

– Io tengo il cappuccio con le mani, per evitare che il vento lo faccia scivolare indietro – disse. – Tu pensa soltanto a camminare sul ponte, nient'altro.

– Ma non vedo i miei piedi – protestò Jack.

– Non serve che tu ti veda i piedi per camminare! – sbottò la sorella. – Muoviti! Fallo per Morgana.

– Giusto – approvò Jack.

Lui e Annie si avviarono insieme lungo il ponte.

– Mi raccomando, non guardare mai in basso – suggerì la ragazzina.

Mentre percorrevano il ponte, il vento li accompagnava soffiando intorno a loro. Jack non riuscì a trattenersi e guardò in basso.

Non solo il suo corpo era sparito, ma

sotto il ponte la nebbia turbinava in un vortice minaccioso. Jack aveva le gambe molli e dovette fermarsi.

– Vai avanti – lo incitò la sorella con un bisbiglio.

Jack respirò profondamente e guardò dritto davanti a sé, poi riprese a camminare. Andava piano, molto piano, un passo alla volta, guardando fisso la pallida luce oltre le sbarre del cancello.

Nel guizzante alone luminoso emanato dalle torce le guardie sembravano giganti e quando, finalmente, Jack e Annie scivolarono inosservati tra loro, il ragazzo sospirò sollevato.

«Come riusciremo ad aprire il cancello?» si chiedeva.

– *Vvvvv* – fece Annie, a voce alta.

Il cuore di Jack quasi si fermò. «Ma cosa le prende?» pensò allarmato.

– Che cosa stai combinando? – le chiese in un sussurro.

– Faccio il vento – sussurrò lei a sua volta. – *Vvvvv*...

Contemporaneamente, Annie spinse il cancello, che si spalancò, proprio come se l'avesse aperto il vento.

Jack si guardò alle spalle e vide le due guardie che scrutavano la nebbia.

– Sbrigati! – bisbigliò Annie.

Lei e Jack oltrepassarono silenziosamente il cancello.

– *Vvvvv!* – ripeté ancora Annie spingendo i battenti, che si richiusero con un secco *clang*. Al di là delle sbarre, Jack vide le due guardie, che si erano di nuovo girate verso il ponte.

– Ottimo lavoro – si complimentò con Annie.

– Grazie – rispose lei. – *Oh!* – aggiunse poi con un filo di voce.

– *L'Altro Mondo!* – mormorò Jack.

8

L'Altro Mondo

L'ALTRO MONDO era completamente diverso dal luogo buio e freddo che Jack e Annie si erano appena lasciati alle spalle.

Erano ai bordi di un prato verde, ammantato dai raggi caldi e dorati del sole. Tre cavalli, uno nero, uno marrone e uno grigio, pascolavano lì vicino. Su una collina che si innalzava al di là della distesa d'erba, fiori rossi e porpora spiccavano come bottoni colorati.

– È *talmente* bello qui – commentò Annie.

– Già – concordò Jack. – Forse *questo* non serve più, ormai – aggiunse subito dopo, togliendosi il cappuccio del mantello.

Fu felice di rivedere la faccia di sua sorella… e i propri piedi, naturalmente!

– Cosa diceva ancora la prima rima? – chiese la ragazzina.

Jack prese il diario e lesse ad alta voce:

– Ricorda che oltre il grande cancello,
attendono i Custodi del Calderone,
sul più bello…

Si guardò intorno un po' intimorito.

– Chissà dove saranno i Custodi? E il Calderone?

– Cosa intendi dire? – gli domandò sua sorella. – Li abbiamo appena superati… Ricordi? *Vvvvvv!*

– Non ne sono sicuro – obiettò Jack. – La rima dice "*oltre* il grande cancello". Invece le guardie erano *davanti* al cancello.

– Ssst – lo interruppe Annie. – Ascolta...

Da dietro la collina giungeva un debole suono... una musica serena, dolcissima.

– Forse sono i Custodi del Calderone che suonano questa musica – osservò Annie.

– Forse... – mormorò il fratello. Ascoltò per un momento, poi sorrise. Quella musica lo faceva sentire leggero e felice.

– Andiamo a conoscere i Custodi! – propose Annie, sempre piena d'entusiasmo.

– Non così in fretta, sorellina – la trattenne Jack. – Non dovremmo tornare invisibili? Non si sa mai...

– Immagino di sì – sospirò Annie.

Jack rimise il cappuccio del mantello sulle loro teste e insieme i due fratellini, di nuovo invisibili, cominciarono ad attraversare il prato. Superarono i tre cavalli e si avviarono su per la collina coperta di fiori. Quando furono in cima guardarono oltre.

– Oh, cavoli – disse Jack.

La collina scendeva gentilmente verso una radura verdissima. Al centro della radura, un gruppo di musicisti suonava flauti, cornamuse, tamburi e violini. Intorno ai musicisti, centinaia di persone danzavano insieme, in cerchio, tenendosi per mano.

– Abbiamo trovato i Custodi del Calderone! – strillò Annie.

Danzatori e musicisti avevano un'espressione serena e ridevano. Gli uomini erano vestiti di blu e verde, le donne di bianco e giallo. Tutti portavano allegre pantofole rosse e cappelli ornati di piume colorate.

Erano in tutto e per tutto simili agli esseri umani, a parte il fatto che avevano la pelle dorata e scintillante e ali leggere che luccicavano nella foschia come argento filato.

– Sono bellissimi! – esclamò Annie.

– Già –. Jack era senza parole.

– Secondo me possiamo farci vedere. Che bisogno c'è di restare invisibili? – disse Annie.

– Hai ragione – concordò il fratello.

Così si tolsero il mantello rosso. Lo lasciarono cadere nell'erba umida e corsero giù dalla collina, verso i danzatori alati. Nessuno fece caso ai due nuovi arrivati. Il girotondo continuò gioiosamente, senza neppure rallentare.

– Ho voglia di danzare con loro! – disse Annie.

– Anch'io! – concordò suo fratello. Ed era strano per Jack, che di solito si vergognava di ballare davanti ad altri. Ma in quel momento desiderava unirsi all'allegro girotondo più di ogni altra cosa.

Jack si sfilò lo zainetto dalle spalle e

mentre lo posava in mezzo all'erba vide tre spade abbandonate. Ma non si fece domande in proposito. La musica lo chiamava, insistente.

I danzatori alati fecero entrare Jack e Annie nel cerchio. Annie prese la mano destra di Jack, mentre lui afferrava con la sinistra la sottile mano dorata di una ballerina.

Quest'ultima sorrise al ragazzo dall'alto in basso. Come i suoi compagni era al-

ta come un adulto. Ma sul suo volto non c'era ombra di rughe. Tutti i danzatori sembravano giovanissimi, e nello stesso tempo avevano un'aria "antica".

Appena Jack entrò nel girotondo il suo cuore si riempì di allegria e fu pervaso dal buonumore.

Gli caddero gli occhiali, ma non se ne preoccupò. Continuò a danzare. E mentre danzava, nella sua mente tutto si confuse.

Dimenticò la fata Morgana e Camelot. Dimenticò lo scopo della missione, la ricerca dell'Acqua della Memoria e della Fantasia. Dimenticò tutti i suoi timori e le sue ansie.

– Jack, guarda! – gridò Annie.

Jack si girò verso la sorella. – Ciao! – la salutò ridendo.

– No! Non guardare me! – gridò ancora Annie. – Guarda laggiù! Dall'altra parte del cerchio!

– Non vedo! – rispose il ragazzo.

– Ci sono tre cavalieri! – strillò Annie. – Tre cavalieri che fanno il girotondo!

– Fantastico! – rispose lui.

– No, Jack! Hanno un'aria orribile! Sembrano malati! – ribatté Annie. Poi si staccò dal cerchio e cadde indietro nell'erba.

– Jack! – chiamò. – Smetti di ballare!

Ma suo fratello non voleva fermarsi. Voleva danzare al ritmo di quella musica meravigliosa. Per sempre... per sempre... per sempre.

9
I cavalieri dispersi

ANNIE SEGUÌ JACK che continuava a danzare nel girotondo.

– Fermati, Jack! – gridò. – Devi fermarti subito! –. Lo prese per la maglietta e cercò di trascinarlo fuori dal cerchio.

– Lasciami andare, Annie! – protestò lui. – Vuoi lasciarmi in pace?

Ma Annie non si arrese. E tirò così a lungo e con tanta forza che alla fine Jack lasciò andare le mani dei danzatori che gli stavano a fianco e rotolò all'indietro nell'erba.

I danzatori alati non ci fecero caso. Richiusero il cerchio e continuarono a girare, girare, girare...

– Perché mi hai costretto a smettere? – esclamò Jack mettendosi a sedere. – Mi stavo divertendo!

– Guarda quei tre cavalieri! – ribatté Annie. – Li vedi?

Jack non li vedeva. Il mondo girava vorticosamente davanti ai suoi occhi e il suo unico desiderio era quello di tornare nel girotondo.

– Ecco, ho trovato i tuoi occhiali! – esultò Annie. – Rimettili subito!

Jack si aggiustò gli occhiali sul naso e diede un'occhiata al cerchio di ballerini. Intravide un'armatura che scintillava sotto il sole. Vide tre cavalieri che danzavano tenendosi per mano. Due di essi sembravano molto giovani. Il terzo, invece, era molto più anziano.

Quando si avvicinarono, Jack riuscì finalmente a vedere i loro volti. E tutta l'allegria che la musica gli aveva trasmesso scomparve all'improvviso. I cavalieri sembravano stanchi e malati. Avevano barba e capelli lunghi e arruffati. I volti erano ossuti e pallidi. Gli occhi avevano uno sguardo allucinato e le labbra erano gelate in un sorriso spettrale.

– C'è qualcosa che non va… ma cosa? – osservò il ragazzo.

– Non possono smettere di ballare! – spiegò Annie. – Continuano a girare e non riescono a fermarsi… Di questo passo moriranno di stanchezza!

– Devono essere i tre cavalieri perduti di Camelot – suppose Jack.

– Dobbiamo assolutamente salvarli! – dichiarò sua sorella.

– Già – concordò Jack. Stava disperatamente cercando di schiarirsi le idee e di pensare. – Ci sono! Potremmo ritornare nel girotondo, inserendoci tra i ballerini e i cavalieri.

– Sì! Così li faremo uscire dal cerchio! – approvò Annie.

– Aspetta... – la trattenne il fratello. – E se poi non riusciamo più a staccarci?

– L'importante è evitare di farsi prendere dalla musica – rispose Annie. – Devi pensare a qualcos'altro. Pensa al motivo per cui siamo qui. Pensa a Morgana.

– D'accordo – annuì Jack. – Ci proverò...

I due fratellini si accovacciarono in mezzo all'erba, in attesa che i cavalieri si facessero più vicini... più vicini... ancora più vicini...

– Ora! – gridò Annie.

Fratello e sorella balzarono in piedi e si inserirono nel girotondo prendendo per mano i cavalieri. Appena Jack cominciò a danzare, ebbe l'impressione che i suoi piedi volassero al ritmo dei tamburi. Un'ondata di gioia lo invase e tutte le sue preoccupazioni scomparvero.

– *Ora*, Jack! Staccati! – gridò ancora Annie.

Ma Jack non voleva staccarsi. La musica echeggiava nelle sue orecchie e non gli importava nulla, a parte quel frenetico girotondo.

– Jack! Staccati SUBITO! – tornò a gridare Annie.

Jack scosse la testa, cercando di non sentire la voce di sua sorella.

– *Morgana! Morgana!* – strillò allora la ragazzina.

Sentendo il nome della fata bibliotecaria, Jack inciampò e rallentò un po' la sua corsa.

– *Morgana! Morgana!* – strillò ancora Annie.

Jack inciampò di nuovo, poi cercò con tutte le sue forze di interrompere la danza. Lasciò andare la mano del ballerino che stava alla sua destra e si staccò dal cerchio, trascinandosi dietro il cavaliere che stringeva la sua mano sinistra. Annie e gli altri due cavalieri rotolarono all'indietro con loro in mezzo all'erba.

Esattamente com'era accaduto prima, i danzatori alati sembrarono non accorgersi della loro assenza. Richiusero il cerchio e proseguirono la loro danza gioiosa e senza tempo.

10

I doni dei cavalieri

I TRE CAVALIERI giacevano nell'erba, tentando di riprendere fiato.

– La danza... Dobbiamo smettere... smettere di danzare – ansimò il cavaliere più anziano.

– Ma *avete* smesso! Vi abbiamo fatto uscire dal girotondo! – sottolineò Annie.

Il cavaliere guardò lei e Jack. Il suo viso era rovinato dalle intemperie.

– Chi... ma chi siete? – chiese.

– Amici! – rispose Annie. – Veniamo dal castello di re Artù!

– Siamo in missione – spiegò Jack. – Dobbiamo trovare l'Acqua della Memoria e della Fantasia.

– Per salvare Camelot! – disse Annie.

– Camelot... – mormorò il cavaliere. – Anche noi veniamo da Camelot... Ma non vi riconosco...

– Noi eravamo lì in visita – spiegò Annie. – Ma sappiamo *tutto* di voi. Tu sei Lancillotto, vero?

– Sì – sospirò il cavaliere.

– E loro sono Parsifal e Galahad – proseguì Jack.

– Esatto... mio figlio, Galahad... – precisò Lancillotto.

– Re Artù era convinto che voi foste perduti per sempre – lo informò Annie.

Lancillotto chiuse gli occhi, stremato. – La danza... ci ha fatto dimenticare...

– Lo so – intervenne Jack. – I danzatori alati sono i Custodi del Calderone. Non si può oltrepassarli senza restare intrappolati nel loro girotondo.

– Padre... dobbiamo trovare... l'acqua... –. Galahad cercò di sedersi, ma era troppo esausto e ricadde nell'erba.

– Non è più un problema – lo tranquillizzò Annie. – Adesso ci siamo noi. Voi dovete soltanto recuperare le forze.

Galahad chiuse gli occhi.

– Già, non preoccupatevi – confermò Jack. – Annie e io troveremo l'acqua magica e la porteremo a Camelot.

– Ma voi... voi siete solo dei ragazzi – obiettò Parsifal, il terzo cavaliere. – Dovete... dovete aspettarci...

– Non c'è tempo – disse Jack.

– Camelot sta morendo! – esclamò Annie. – Dobbiamo fare in fretta!

– Allora dovete... prendere questa... – proseguì Galahad. Frugò nella borsa che portava appesa alla spalla e prese una coppa d'argento. Con mani tremanti, il giovane cavaliere la porse a Annie.

– Una coppa! – disse la ragazzina.

– Prendete anche questa – intervenne Parsifal. Dalla borsa appesa alla cintura prese una scatola di legno e la tese a Jack.

Jack aprì il coperchio. Al centro della scatola c'era una lancetta, con intorno un cerchio composto da tanti trattini.

– Una bussola! – esclamò il ragazzo.

– E questa... – aggiunse Lancillotto. Si sfilò dal collo un cordone di seta, a cui era appesa una chiave di vetro.

– Una chiave! – mormorò Annie.

Lancillotto porse la chiave alla ragazzina. Lei e suo fratello la osservarono con attenzione, poi Annie se l'appese al collo. Quando si girò, vide che i tre cavalieri stavano dormendo profondamente.

– Sogni d'oro – augurò loro gentilmente Annie. – Mi sa che avete bisogno di un bel sonnellino, ragazzi.

– Credo che questi siano i quattro doni – disse Jack. – Ma sarà meglio controllare.

Corse a prendere lo zainetto che aveva lasciato cadere vicino alle spade dei tre cavalieri. Estrasse il diario e lesse la seconda rima:

– *Quattro sono i doni per te.*
Il primo lo riceverai da me.
Arriverà una coppa, e poi
una bussola, ma solo se lo vuoi.
Una chiave è il quarto dono,
così in totale quattro sono.

– Fantastico – commentò Annie. – Abbiamo ricevuto il mantello dal Cavaliere del Natale e gli altri tre doni sono questi. Più facile di così...

Jack scosse la testa.

– Non parlare troppo presto. Non abbiamo ancora finito – precisò. – Dobbiamo ancora trovare il Calderone con l'Acqua della Memoria e della Fantasia.

– Lo troveremo... – disse Annie. – Leggi la terza rima.

Jack girò pagina e rilesse a voce alta la terza rima:

– *Se tutto va come dovrebbe andare,*
la porta segreta a ovest devi cercare.

– Nessun problema! – continuò Annie. – Abbiamo superato i danzatori alati e il loro girotondo. Adesso la *bussola* ci mostrerà da che parte è l'ovest. E la *chiave* aprirà la porta segreta. Così potremo riempire la *coppa* con l'acqua del Calderone! Visto? È una passeggiata!

Annie era sicura come non mai, ma

suo fratello era preoccupato. «È così facile» pensò. «Un po' *troppo* facile...»

– Che cosa stiamo aspettando? – lo chiamò Annie. – Andiamo!

Jack osservò la bussola. – Va bene... – disse. – La lancetta indica il nord. Quindi l'ovest dev'essere da quella parte –. Indicava a sinistra, verso un boschetto di fitti cespugli e piccoli alberi.

– Ecco fatto – disse Annie, raccogliendo lo zainetto del fratello. – Tieni, metti qui la coppa.

Jack infilò nello zainetto il diario e la coppa d'argento. Poi lui e Annie si avviarono di buon passo, schivando rami e cespugli e cercando di evitare le spine che graffiavano le mani.

Jack teneva d'occhio la bussola e rimuginava tra sé.

Era quello il posto dove cercare? Che porta potevano mai trovare in un boschetto aggrovigliato?

– Ehi, Jack – disse Annie. – Senti che silenzio...

Il boschetto si era fatto via via più silenzioso e inquietante. Gli uccelli non cinguettavano e non si sentiva più la musica del girotondo.

Jack controllò ancora una volta la bussola. – La direzione sembrerebbe essere giusta, – disse alla sorella – sempre che quest'affare funzioni.

– Funziona – lo rassicurò Annie con un filo di voce. – Guarda...

Annie aveva scostato un ramo frondoso e stava indicando una collina rocciosa al di là del boschetto. A metà del pendio c'era una sporgenza. E tra due enormi macigni posati alle estremità del ripiano di pietra c'era una scintillante porta di vetro.

11

La caverna di cristallo

–L*A PORTA SEGRETA!* – mormorò Jack.

– Sì! –. Annie era entusiasta.

Jack lasciò cadere la bussola nello zaino, poi insieme alla sorella si fece strada tra i fitti cespugli e si arrampicò lungo la parete rocciosa fino alla porta.

Annie si sfilò dal collo il cordoncino con la chiave di vetro che aveva ricevuto in dono da Lancillotto. La infilò nel buco della serratura e la girò con delicatezza.

Clink.

– E vai… – mormorò la ragazzina, aprendo la porta con una spintarella.

Oltre la porta si apriva una grande caverna scintillante. Il pavimento, le pareti e il soffitto erano fatti di cristallo, lucido e trasparente.

Jack e Annie entrarono. La caverna risplendeva di un'intensa luce purpurea.

– Come brilla! – bisbigliò Jack. – Ma da dove viene tutta questa luce rossa?

– Da là – indicò Annie, mostrandogli una profonda crepa lungo l'estremità opposta della caverna. – Andiamo a vedere.

Attraversarono la caverna e sbirciarono nella fessura. Dall'altra parte c'era una stanza, e lungo le pareti quattro aperture.

Nell'angolo più lontano della stanza

era acceso un grande falò dalle fiamme color porpora. Sopra il fuoco era appeso un calderone d'oro, lucido e splendente.

– Eccolo lì – mormorò Jack.

– Uau… – mormorò Annie.

– Il Calderone con l'Acqua della Memoria e della Fantasia – mormorò ancora Jack.

– Lo so – disse Annie. – Andiamo!

I due ragazzini s'infilarono a fatica nella fessura e si avvicinarono al calderone scintillante. Jack frugò nello zainetto e prese la coppa di Galahad.

– Il calderone è troppo in alto – osservò Annie. – Come facciamo a prendere l'acqua?

– Tieni, prendila tu – disse Jack, passando la coppa d'argento alla sorella. – Sali sulla mia schiena.

Il ragazzo si chinò in avanti e Annie salì a cavalcioni sulle sue spalle. Poi Jack si alzò con cautela. – Sbrigati, – le disse – sei pesante!

– Non ci arrivo – ribatté lei.

Jack fece qualche passo avanti, barcollando. Allungandosi il più possibile, Annie provò di nuovo. Immerse la coppa nell'acqua gorgogliante del caldero-

ne e la riempì. – Presa! – bisbigliò al fratello. – Puoi farmi scendere… piano!

Annie teneva la coppa d'argento con

due mani. Jack piegò lentamente le ginocchia e la sorella scese con grande cautela dalle sue spalle. I due ragazzini guardarono in silenzio l'Acqua della Memoria e della Fantasia nella coppa. Era limpida e luminosa.

– Adesso possiamo salvare Morgana – disse Annie.

In quel momento Jack sentì un odore strano, come di alghe marce. E udì un bizzarro suono gorgogliante dietro di sé.

Lui e Annie si girarono contemporaneamente.

Una gigantesca creatura, viscida e color del fango, scivolò improvvisamente fuori da una delle quattro aperture. Era lunga e coperta di scaglie come un coccodrillo, ma molto, *molto* più grande. Aveva ali ampie e trasparenti, che sembravano tessute con migliaia di ragnatele. Aveva occhi rossi, lampeggianti, e artigli lunghi e ricurvi. Era... un drago!

Il mostro spalancò le enormi fauci. Dai suoi denti affilati colavano rivoli di bava. Si udì un sibilo e una fiamma blu sgorgò dalla bocca di quell'essere misterioso.

Da un'altra apertura sbucò improvvisamente un secondo drago, subito seguito da un terzo e poi da un quarto.

– Accipicchia! – esclamò Annie.

– Questi sono i *veri* Custodi del Calderone... – mormorò Jack.

12
Fuoco con fuoco

I QUATTRO *VERI* CUSTODI del Calderone strisciarono verso Jack e Annie, sibilando e sputando fuoco blu.

– Che cosa facciamo adesso? – disse Annie con un filo di voce.

– Non lo so – rispose Jack. – Siamo in trappola.

– Ho un'idea – bisbigliò Annie. – Beviamo l'acqua.

– Cosa?

– È l'Acqua della Memoria e della Fantasia, giusto? – spiegò Annie. – Perciò forse se la beviamo ci verrà in mente un sistema per salvarci!

– Che idea! – disse Jack.

I Custodi si avvicinarono ancora, sputando fiamme blu e riempiendo l'aria del loro fetore.

– Va bene, va bene, proviamoci... – decise il ragazzo.

Annie bevve un sorso d'acqua dalla coppa d'argento, poi la passò al fratello. Le mani del ragazzo tremavano mentre si portava la coppa alle labbra. L'acqua era dolce, amara e speziata, tutto nello stesso tempo. Jack restituì la coppa a Annie.

– Adesso prova a immaginare che siamo salvi! – suggerì lei.

Jack chiuse gli occhi e immaginò di essere salvo. Con la fantasia fece tornare i quattro Custodi nelle loro grotte.

– Bene. Pronto a combattere? – chiese Annie.

Jack aprì gli occhi. – Combattere?

Annie appoggiò la coppa d'argento a terra, con delicatezza.

– Adesso! – disse poi.

Improvvisamente Jack ebbe l'impressione che una lampadina si accendesse, illuminandogli la mente. Le sue paure scomparvero in un lampo e lui si sentì pieno di forza e di rabbia.

Senza pensare, insieme a Annie corse vicino al fuoco acceso sotto il calderone. Entrambi afferrarono due lunghi tizzoni in fiamme dal falò, li sollevarono e il fuoco divampò, rendendoli simili a spade infuocate.

– AAAHHHH! – gridarono contemporaneamente i due fratellini.

I quattro Custodi sibilarono più forte e minacciosamente di prima e sputarono una raffica di palle di fuoco blu.

Jack e Annie tagliarono l'aria con le loro armi improvvisate, sventolando i tizzoni ardenti sotto il naso dei quattro dra-

ghi. Combattevano il fuoco con il fuoco... fuoco purpureo contro fuoco blu.

– Via! Via! – urlavano con quanto fiato avevano in gola.

E a ogni urlo Jack si sentiva più forte e coraggioso. Agitando i rami incendiati, lui e Annie costrinsero i Custodi ad arretrare.

Le fiamme blu cominciarono a farsi più deboli, come se le orrende creature stessero lentamente esaurendo il carburante. E finalmente, uno dopo l'altro, ogni Custode tornò a infilarsi nella propria tana.

Quando i quattro draghi furono scomparsi, Jack e Annie posarono un tizzone ardente davanti all'ingresso delle quattro grotte, per evitare che potessero uscire di nuovo. Poi si strofinarono le mani, per ripulirle un po'.

– Andiamo – disse Annie, tranquilla.

Jack annuì.

La ragazzina raccolse la coppa d'argento che conteneva l'acqua magica, poi insieme al fratello si infilò di nuovo attraverso la crepa da cui erano passati in precedenza.

Attraversarono la grande caverna di cristallo e uscirono all'aria aperta. La chiave di vetro era ancora nella toppa.

Jack richiuse la porta, calmo e determinato, poi restituì la chiave a Annie.

A quel punto le ginocchia non lo ressero più e si accasciò a terra.

13

I cavalli aspettano

– Non posso credere a ciò che è appena successo – disse Jack.

– A quale parte non credi? – chiese Annie, che aveva in mano la coppa d'argento.

Jack rise e scosse la testa.

– Non posso crederci e basta – concluse.

Anche Annie rise. – Però è stato forte, vero?

Jack si aggiustò gli occhiali sul naso e la guardò: – Dai, Annie, seriamente. Che cos'è successo là dentro?

– Ho immaginato di combattere i Custodi con due spade fiammeggianti – spiegò Annie. – Tu cos'hai immaginato?

– Io… io ho solo immaginato che i Custodi se ne tornavano nelle loro tane.

– Beh, a quanto pare entrambe le nostre fantasie si sono avverate.

– Già – concordò Jack con un sorriso. – Ma quello che hai immaginato *tu* era decisamente meglio.

Dall'interno della caverna di cristallo uscì un urlo stridulo e furioso.

– Accipicchia! – commentò Annie.

– Andiamo via! – disse Jack.

Saltò in piedi e insieme alla sorella scese lungo il pendio roccioso, per tornare nel boschetto. Annie stava molto attenta a non versare neppure una goccia della preziosa acqua della coppa.

Quando furono di nuovo vicino al boschetto, Jack prese la bussola di Parsifal.
– Se per venire qui abbiamo camminato verso ovest, per tornare indietro dobbiamo andare verso est – disse. – E l'est è da quella parte...

Si avviarono. Jack stava davanti e apriva la strada nel folto del bosco, per aiutare la sorella. Senza parlare, di buon passo, i due ragazzini camminavano tra alberi e cespugli, allontanandosi sempre di più dalla caverna dei Custodi del Calderone.

Finalmente cominciarono a sentire la musica in lontananza. Camminarono verso quel suono e raggiunsero la verde radura.

I danzatori alati erano ancora lì, e continuavano a danzare il loro magico girotondo. Il cuore di Jack accelerò i suoi battiti. Aveva voglia di unirsi alla danza. Ma sapeva che se avesse ceduto alla tentazione, non sarebbe più riuscito a staccarsi.

– Guarda! – esclamò Annie. – I cavalieri si sono svegliati!

Lancillotto, Galahad e Parsifal erano in piedi e stavano allacciandosi le spade alla vita.

– Ciao! – li salutò Annie. – Visto? L'abbiamo presa!

I cavalieri fecero qualche passo incerto verso Jack e Annie. Avevano ancora l'aria stanca, ma non erano più pallidi come prima.

– Abbiamo l'Acqua della Memoria e della Fantasia – disse Annie mostrando loro la coppa d'argento.

I cavalieri sorrisero.

– Adesso dobbiamo soltanto portarla a Camelot – concluse Jack.

– Vorremmo aiutarvi – disse Lancillotto. – Ma a quanto pare abbiamo perso i cavalli.

– Niente affatto! – obiettò Annie. I vostri cavalli vi stanno aspettando!

– Sono dall'altra parte della collina – aggiunse Jack.

I due fratellini accompagnarono i tre nuovi amici oltre il colle. Lungo la strada, Jack si fermò a recuperare il mantello di velluto rosso. Quando raggiunsero il prato, videro che i cavalli c'erano ancora.

Gli animali nitrirono e si avvicinarono galoppando ai tre cavalieri.

Lancillotto carezzò energicamente la criniera del cavallo nero e si rivolse a Jack e Annie: – Montate a cavallo con me. Vi porterò io a Camelot.

– Grazie! – esclamarono fratello e sorella all'unisono.

Jack si legò il mantello magico intorno al collo. Lancillotto montò in sella, poi aiutò lui e Annie a salire in groppa al suo splendido destriero.

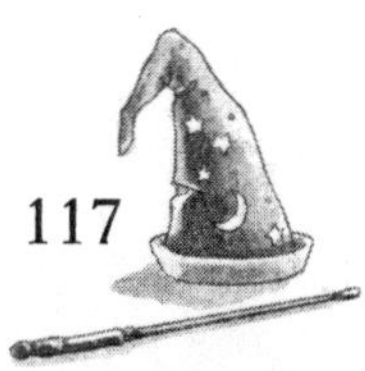

Annie era subito dietro il cavaliere e si teneva stretta a lui con la mano destra, mentre con la sinistra reggeva la coppa d'argento.

– Ce la fai a non rovesciare l'acqua? – le chiese Jack, preoccupato.

– Ci proverò – rispose lei.

Galahad montò in groppa al cavallo marrone e Parsifal prese quello grigio. Così finalmente il gruppo poté avviarsi.

– Stai attenta... attentissima – bisbigliò Jack a Annie.

– Puoi giurarci...

Quando raggiunsero il grande cancello, i cavalieri sguainarono le spade.

– Aprite il cancello! Nel nome di re Artù, sovrano di Camelot!

La voce di Lancillotto era ancora un po' rauca, ma aveva una forza e una potenza straordinarie.

Il cancello di ferro si aprì lentamente e Lancillotto spronò il cavallo.

Le due sentinelle osservarono silenziosamente i cavalieri e i ragazzi che superavano il cancello e si avviavano lungo il ponte.

I cavalli si disposero in fila indiana sulle tavole di legno.

Ancora una volta Jack rimase sbalordito dalla differenza fra il regno di Camelot e l'Altro Mondo. Oltre il cancello, al di là del ponte, c'erano soltanto buio, freddo e nebbia.

Alla fine del ponte di legno i tre cavalli nitrirono, sollevati.

– Uau! – mormorò Annie a quel punto.

Il cervo bianco era là, su una roccia, fiero, avvolto in un turbine di nebbia.

14
Sulla via del ritorno

I TRE CAVALIERI guardarono sbalorditi lo splendido animale.

– Prendila tu – disse Annie a Jack porgendogli la coppa. Poi si lasciò scivolare giù dal cavallo e corse verso il cervo bianco.

– Ciao! Sei venuto a prenderci? Grazie! – esclamò, gettandogli le braccia al collo.

I tre cavalieri rivolsero a Jack uno sguardo interrogativo.

– Quello è il cervo bianco – spiegò il ragazzo. È lui che ci ha accompagnati qui.

– Siete due maghi? – chiese Parsifal con un filo di voce.

– No, siamo ragazzi normalissimi – rispose Jack. – *Lui* è magico. Siamo arrivati fin qui da Camelot in un battibaleno. E scommetto che adesso è venuto a prenderci per portarci al castello.

– Allora dovete andare con lui – stabilì Lancillotto. – Ci metterete molto meno tempo, potete starne certi.

Il cavaliere tenne in mano la coppa d'argento per permettere a Jack di smontare da cavallo. Poi il ragazzo riprese la coppa e salì con cautela in groppa al cervo, dietro Annie.

– Dite a re Artù che arriveremo a Camelot prima della notte di Capodanno – li pregò Lancillotto.

– Addio, Jack e Annie! – li salutò Galahad.

– Buona fortuna! – aggiunse Parsifal.

– Anche a voi! – ricambiò Annie.

– Fate buon viaggio! – augurò loro Jack.

I cavalieri si inchinarono con solennità.

Il cervo bianco sbuffò una nuvoletta di vapore e si avviò giù per il pendio.

Quando fu ai piedi della montagna, prese il volo, come una bianca cometa. Il mantello rosso fluttuava intorno a Jack e Annie, tenendoli al caldo e al riparo.

Il cervo sfrecciò sopra i campi gelati. Sfiorò stalle silenziose e capanne dal tetto di paglia. Volò sopra greggi di pecore e capre addormentate nella brughiera. Balzò sopra ruscelli ghiacciati, oltre muretti e siepi.

Sfrecciò nella notte stellata per riportare Jack e Annie nel buio castello di Camelot.

Si fermò nel frutteto vicino alla magica casa sull'albero. Si inginocchiò in mezzo all'erba e i due passeggeri poterono scendere.

Incredibilmente, la coppa d'argento era ancora colma della preziosa acqua del calderone. Non ne era caduta neppure una goccia.

– È meglio lasciare qui il mantello, – suggerì Jack – così non rischio di inciampare.

Appoggiò con grande cura la coppa sul terreno.

Annie lo aiutò a slacciare il magico mantello di velluto rosso, poi lo drappeggiò sul dorso del cervo.

– Questo ti terrà al caldo e al sicuro – gli bisbigliò. – E grazie di tutto.

– Grazie, grazie mille – ripeté Jack, riconoscente. – Addio.

Il cervo bianco li guardò con i suoi bellissimi occhi ambrati. Annuì, poi si girò e sparì nella notte.

Jack raccolse la coppa. – Vieni! – disse

alla sorella, e si incamminò a piccoli passi svelti.

– Stai attento, mi raccomando – gli disse Annie.

– Non preoccuparti – la tranquillizzò lui.

Attraversarono il ponte levatoio ed entrarono nel cortile interno. Poi spinsero i pesanti battenti della porta ad arco.

Il salone principale era rimasto esattamente come l'avevano lasciato: debolmente illuminato e gelido.

Re Artù, la regina Ginevra, i Cavalieri della Tavola Rotonda e la fata Morgana erano ancora rigidi e silenziosi.

– E adesso cosa facciamo? – chiese Jack.

– Facciamo cadere una goccia d'acqua su ciascuno di loro! Partiamo da Morgana! – propose Annie.

Trattenendo il respiro e tenendo gli occhi fissi sulla coppa d'argento, Jack si avvicinò con cautela alla Tavola Rotonda. Ma all'improvviso con il piede sinistro pestò la stringa della scarpa destra... e inciampò.

– Jack! – strillò Annie.

Mentre Jack cadeva a terra, la coppa d'argento gli scivolò dalle mani.

15
Magia natalizia

JACK E ANNIE guardarono inorriditi l'acqua che si rovesciava sul pavimento di pietra. Scivolò nelle fessure tra una pietra e l'altra e scomparve.

Jack si precipitò a raccogliere la coppa. Era completamente vuota.

– Oh, no – gemette.

Si sedette per terra con la testa fra le mani. «Adesso Camelot resterà così per sempre… non si sveglierà mai più» pensò. «La leggenda verrà dimenticata.»

– Jack! – lo chiamò Annie. – Guarda!

Jack alzò la testa e si aggiustò gli occhiali sul naso. Una nube dorata si stava sollevando dalle fessure tra le pietre del pavimento.

La nube si diffuse rapidamente in tutto il grande salone, riempiendo la stanza di profumi meravigliosi: legno di cedro e sempreverdi, rose e mandorle.

La nube profumata raggiunse le alte finestre del salone e improvvisamente una colomba bianca entrò da una di esse. Attraversò la sala buia come una scia di luce brillante, poi scomparve nella notte.

In fondo al salone si levò una risata dolce, gentile. La risata crebbe d'intensità. Jack vide re Artù e la regina Ginevra che si guardavano negli occhi… e ridevano! E anche i cavalieri della Tavola Rotonda stavano ridendo!

Ma la cosa più straordinaria era che la fata Morgana si era risvegliata e sorrideva a lui e Annie!

– Jack! Annie! Venite qui! – li chiamò allargando le braccia.

– Morgana! – gridò Annie. Corse verso la fata bibliotecaria e le gettò le braccia al collo.

Jack si alzò. Con la coppa vuota ancora in mano, corse ad abbracciare Morgana.

– Abbiamo fatto tutto ciò che ci ha detto il Cavaliere del Natale! – riferì Annie. – E abbiamo portato a Camelot l'Acqua della Memoria e della Fantasia!

– Però io ho fatto cadere la coppa – aggiunse Jack – e tutta l'acqua è caduta per terra!

– Ma dal pavimento è salita una nube dorata – continuò Annie. – E tutti si sono risvegliati!

Morgana rideva, felice e sbalordita.

– Allora siete appena tornati dall'Altro Mondo? – chiese.

– Sì! Un cervo bianco è venuto a prenderci e ci ha riportati qui! – spiegò Jack. Poi si girò verso re Artù: – Maestà, – disse – abbiamo buone notizie. I tre cavalieri perduti sono sani e salvi. Lancillotto ci ha chiesto di dirle che saranno a casa prima della notte di Capodanno.

Il re era stupito. – Li avete trovati...?

– Sì, e stanno tutti bene – disse Annie.

– Ecco... – intervenne Jack, porgendo la coppa d'argento al re. – Potete restituirla a Galahad?

– Questa invece è di Lancillotto – disse Annie. Si sfilò dal collo il cordoncino con la chiave di vetro e lo porse al re.

– Oh, questa è di Parsifal – ricordò Jack. Prese dallo zainetto la bellissima bussola di legno e la diede ad Artù.

All'inizio il re era troppo sbalordito per parlare. Poi rise con gioia.

– Grazie! – disse ai due ragazzini.

Tutti i Cavalieri della Tavola Rotonda si alzarono e applaudirono allegramente.

– Suonate le campane! – ordinò re Artù. – Chiamate il popolo al castello!

– Si sono già riuniti fuori dalle porte, Vostra Maestà – lo informò un paggio.

– Fateli entrare! – disse allora il sovrano. – Dobbiamo festeggiare tutti insieme!

La regina Ginevra sorrise a Jack e Annie. Ora i suoi occhi brillavano di allegria.

– Avete salvato Camelot – disse. – Ve ne sono profondamente grata.

In quel momento Jack sentì le voci di alcuni bambini che parlavano e ridevano. Si girò e vide una folla di persone che superavano la soglia della grande porta ad arco del salone. Portavano candele, un enorme abete e ghirlande di pino e vischio. Dietro di loro arrivavano i musicisti, con strumenti di ogni tipo.

– Jack! – chiamò Annie. – Guarda!

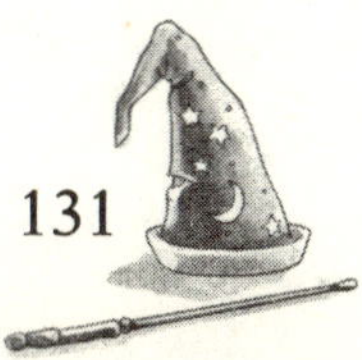

Il cervo bianco si era affacciato alla porta ad arco.

Jack si girò verso Morgana. – Vedi quel cervo bianco? – disse. – Ci ha portati nell'Altro Mondo! Lo vedi?

Morgana sorrise.

– Certo che lo vedo, Jack – rispose gentilmente. – E finalmente capisco *ogni cosa*.

Jack si girò di nuovo verso la porta. Il cervo era scomparso. Al suo posto c'era un vecchio dalla lunga barba. Aveva in mano un bastone e indossava un ampio mantello rosso... lo stesso mantello che Jack e Annie avevano usato durante la missione.

– Chi è? – domandò Jack.

– Quello è il mago Merlino – rispose Morgana. – È stato *Merlino* a invitarvi. Adesso capisco...

– Merlino? – si meravigliò Jack. – *Lui* ci ha mandato l'invito per la festa di Natale?

– Sì – confermò la fata. – Poi ha gettato su tutti noi un incantesimo. E ha portato voi due nell'Altro Mondo.

– No – intervenne Annie. – *Il Cavaliere del Natale* vi ha gettato l'incantesimo.

– Ed è stato *il cervo bianco* a portarci nell'Altro Mondo – la corresse Jack.

Morgana sorrise.

– Era sempre Merlino... *lui* era il Cavaliere del Natale e anche il cervo bianco – spiegò. – Dovete sapere che è un mago, non un comune mortale, e può cambiare aspetto come e quando vuole.

– Uau! – mormorò Annie, sbalordita.

– Perché Merlino ha fatto tutte queste cose? – chiese Jack.

– Merlino era arrabbiato con re Artù, perché aveva bandito la magia da Camelot – rispose Morgana. – Ma a quanto vedo ha deciso di prendere in mano la questione per risolverla una volta per tutte.

– Come?

– Sapeva bene che re Artù non avrebbe mandato altri cavalieri nell'Altro Mondo a cercare l'Acqua della Memoria e della Fantasia – proseguì Morgana. – Perciò immagino che abbia deciso di portare voi due a Camelot nella speranza che vi sareste offerti di andare laggiù.

– Perché voleva che ci andassimo *noi*? – chiese Annie.

– Merlino mi aveva sentito spesso raccontare le vostre avventure con la magica casa sull'albero – rispose Morgana. – Sapeva che voi due avete sempre dimostrato un grande interesse per il bene. E sapeva anche che siete bravissimi a usare il dono della fantasia e dell'immaginazione. E queste sono due qualità davvero speciali e indispensabili per la buona riuscita di *ogni* missione.

Jack e Annie si girarono a guardare Merlino. Dalla parte opposta del grande salone il mago dalla candida barba sorrise e li salutò con la mano. Poi se ne andò.

Jack si guardò intorno. Tutte le candele e le torce erano accese. Il fuoco ardeva allegramente nel camino. I musicisti suonavano e tutti cantavano. La stanza risplendeva di luci, calore e visi allegri.

Finalmente, il Natale a Camelot era proprio come Jack l'aveva immaginato. L'incantesimo del Mago Nero era stato spezzato. Nel salone del castello regnavano di nuovo allegria, amore e gioia.

16

Bentornati a casa

– SVEGLIATI, JACK – disse Annie. Jack aprì gli occhi. Era sdraiato al buio sul pavimento di legno della magica casa sull'albero.

Fuori dalla finestrella vide il cielo nuvoloso sopra i boschi di Frog Creek.

– Dobbiamo andare a casa – disse sua sorella.

– Oh, devo essermi addormentato –

disse lui. – Ho fatto un sogno incredibile... Eravamo a Camelot, era Natale e il mago Merlino...

– Guarda che non era un sogno – precisò sua sorella. – Era tutto vero. Hai appoggiato la testa sul tavolo... anzi, sulla Tavola Rotonda, e ti sei addormentato durante la festa. Allora re Artù ti ha preso in braccio e ti ha portato fino alla casetta magica. E io ho pronunciato il desiderio per poter tornare a casa.

Jack si mise seduto.

– Sul serio? – mormorò.

– Sul serio – confermò sua sorella.

– Jack! Annie! – chiamò la loro mamma in lontananza.

– Arriviamo – gridò Annie in risposta, affacciandosi alla finestrella della casetta magica.

– Voglio dire... sul serio? Nel senso che è successo *davvero*? – chiese ancora il ragazzino alla sorella.

– Sì! Davvero! – rispose lei, raccogliendo il rotolo di pergamena con l'invito alla festa. – Visto? Questa è la prova!

– Ooh… – mormorò Jack, senza parole.

– Questa volta la M stava per Merlino, non per Morgana – spiegò Annie.

Jack sorrise.

– Grazie di tutto, Merlino – disse.

Raccolse lo zainetto e scese giù dalla scaletta di corda con la sorella. Insieme si diressero verso casa. Mentre camminavano nel crepuscolo di quella giornata di fine dicembre, grossi fiocchi di neve cominciarono a cadere dal cielo.

Quando arrivarono al limitare dei boschi, la neve turbinava nell'aria. In fondo alla strada vedevano la loro casa illuminata. La mamma li aspettava sotto il portico.

– Ciao, mamma! – disse Annie.

– Ciao, mamma! – ripeté Jack.

– Ciao, bambini! È stata una buona giornata?

– Sì – rispose Jack.

– Ottima – confermò Annie.

– Sono contenta – disse la mamma. – Bentornati a casa.

Aprì la porta e i due ragazzini entrarono.

La loro casa era calda e tranquilla. Un buon profumino usciva dalla cucina. Jack e Annie si tolsero le giacche a vento e salirono al piano di sopra.

Nel corridoio, Annie si girò verso il fratello.

– Buon Natale – gli disse semplicemente.

– Buon Natale, sorellina.

Annie si infilò in camera e Jack andò nella sua.

Chiuse la porta e si sedette sul letto. Prese il diario dallo zainetto e lo aprì. Gli caddero le braccia: a parte le tre rime del Cavaliere del Natale, nel corso della missione non aveva scritto neppure un appunto.

Esausto, il ragazzino si distese sul letto. Chiuse gli occhi e li strinse forte, cercando di ricordare i dettagli dell'avventura a Camelot e nell'Altro Mondo.

Risentì il brivido che lo aveva percorso da capo a piedi quando Morgana era stata congelata dall'incantesimo, nel grande salone del castello.

Risentì la musica allegra che accompagnava il girotondo dei danzatori alati. Risentì il sapore dolce, amaro e speziato dell'Acqua della Memoria e della Fantasia.

Jack si sedette. Improvvisamente, la stanchezza era scomparsa e si sentiva sveglio e pieno d'energia. Cercò una pagina bianca nel diario, afferrò la matita e cominciò a scrivere:

Tutto è cominciato al tramonto, quando abbiamo visto la colomba bianca che volava...

Usando la memoria e la fantasia, Jack scrisse, scrisse e scrisse ancora, aggiungendo il suo contributo alla leggenda di re Artù e dei Cavalieri della Tavola Rotonda, di Merlino e della fata Morgana.

E mentre fuori dalla sua finestra la neve continuava a cadere, Jack scrisse, e non si fermò finché non ebbe raccontato l'intera storia... la *sua* storia del Natale a Camelot.

Libro Secondo

Festa di Halloween al castello fantasma

1
La vigilia di Ognissanti

– FORSE DOVREI mascherarmi da vampiro, e non da principessa – disse Annie.

– Dai, sbrighiamoci – la incalzò Jack. – Ho freddo.

Lei e suo fratello Jack erano seduti sotto il portico. Il vento era piuttosto freddo e frustava gli alberi facendo cadere le foglie, che avevano ormai i colori dell'autunno.

– Hai già preparato il costume da principessa – continuò Jack. – E poi ti sei travestita da vampiro già l'anno scorso... che noia!

– Lo so, ma ho voglia di rimettermi i dentoni appuntiti – ribatté lei.

– Puoi metterli lo stesso e fare la principessa-vampiro – suggerì Jack, alzandosi. – Beh, io vado a truccarmi da zombie.

CRA!

– Oh, cavoli! – aggiunse subito dopo il ragazzino.

Un enorme uccello nero atterrò di colpo e cominciò a camminare tra le foglie cadute. Le sue piume scure brillavano nella luce dorata del pomeriggio d'autunno.

– Accipicchia! – esclamò sua sorella. – Cos'è... una cornacchia?

– No, è troppo grosso – rispose Jack. – Credo che sia un corvo.

– Un corvo? Fantastico!

Il corvo sollevò la testa lucida e li guardò con i suoi occhi lucenti. Jack trattenne il respiro.

L'uccello saltellò in avanti, poi allargò le ali e si sollevò nell'aria. Dopodiché planò e si diresse verso i boschi di Frog Creek.

Annie saltò in piedi. – È un segno! Morgana è tornata! – esclamò.

– Mi sa che hai ragione! – convenne Jack. – Andiamo!

I due ragazzini attraversarono di corsa il cortile, facendo scricchiolare le foglie sotto i loro piedi. Poi corsero lungo la strada, verso il bosco.

Quando raggiunsero la quercia più alta, videro una scaletta di corda che penzolava da un ramo.

La magica casa sull'albero era tornata, ancora una volta, e li stava aspettando!

– Proprio come pensavamo – osservò Annie, con un sorriso soddisfatto sulle labbra.

Jack seguì la sorellina su per la scala di corda.

Quando entrarono nella casetta magica attraverso l'apertura sul pavimento, però, non trovarono ad attenderli la fata Morgana, la magica bibliotecaria del regno di Camelot.

– Che strano... – commentò Jack, guardandosi intorno.

Il vento soffiò forte, scuotendo i rami dell'albero.

Una grossa foglia gialla entrò attraverso la finestra e andò a posarsi ai piedi di Jack.

– Oh, cavoli... – disse lui. – Guarda qui, Annie...

– Che cosa?

Jack raccolse la foglia. C'era scritto qualcosa.

Le lettere erano molto elaborate e sembravano antiche.

– Uau – bisbigliò Annie. – Che cosa c'è scritto?

Jack portò la foglia vicino alla finestra e nella pallida luce del tramonto cominciò a leggere ad alta voce.

– M! – esclamò Annie. – Morgana non firma mai i suoi messaggi solo con l'iniziale...

– Hai ragione... – confermò suo fratello. – Ma...

– Merlino sì! – conclusero insieme.

– Come quando ci ha mandato l'invito a passare il Natale a Camelot – aggiunse

Annie, indicando l'Invito Reale ancora posato in un angolo della casetta.

– Credo che stavolta ci inviti alla festa di Halloween – disse Jack. – Halloween infatti si festeggia la vigilia del giorno di Ognissanti.

– Lo so – rispose Annie. – Dobbiamo andare!

– Certo che dobbiamo – disse Jack. Non gli passava neanche per la testa di rifiutare un invito da parte del più grande mago di tutti i tempi. – Ma come facciamo?

– Scommetto che sarà l'invito stesso a portarci nel posto giusto, – disse Annie – come quando siamo andati al castello di re Artù, la scorsa vigilia di Natale.

– Buona idea – approvò Jack. Poi indicò il messaggio scritto sulla foglia: – Vorrei andare, vorrei tanto andare... mmm...

– Nel posto da cui ci è stato mandato questo invito! – lo aiutò Annie.

– Giusto! – esclamò Jack.

Il vento cominciò a soffiare.

Le foglie degli alberi frusciarono e la magica casa sull'albero cominciò a girare vorticosamente su se stessa.

Jack strinse forte gli occhi.

Il vento ululava e la casetta girava sempre più veloce, sempre più forte.

Poi, all'improvviso, tutto si fermò, immobile.

Perfettamente immobile.

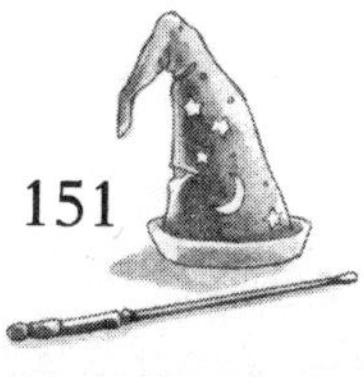

2

Il cuore della quercia

JACK APRÌ GLI OCCHI. Un vento freddo soffiava nella casetta magica e fuori dalla finestra le foglie della quercia frusciavano rumorosamente.

– Ehi, Jack, guarda! – esclamò Annie. – Siamo mascherati. Ma non sono vestita da principessa e neppure da vampiro.

Jack osservò i costumi che indossavano. Lui portava una calzamaglia e una tunica lunga fino al ginocchio. Sua sorella, invece, aveva un abito lungo e un grembiulino.

– Sono i costumi di Camelot! – disse.

I due fratellini si affacciarono insieme alla finestra. La casetta magica si trovava su una grande quercia, in una fitta foresta. Il sole pomeridiano era basso nel cielo autunnale.

– E adesso cosa facciamo? – chiese Jack.

– L'invito dice che dovremmo incontrare Merlino nel "cuore della quercia" – ricordò Annie.

– Già, ma che cosa significa? – ribatté Jack, accigliato. – Cos'è il cuore di una quercia...?

– Proviamo a scendere e cerchiamo di capirci qualcosa – propose Annie.

La ragazzina posò con cura la foglia gialla con l'invito in un angolo della casetta magica. Poi lei e Jack scesero giù per la scaletta di corda e misero piede sul terreno coperto di foglie. Nella luce del crepuscolo cominciarono a girare intorno alla base dell'enorme quercia.

Camminarono tutt'intorno, tenendosi per mano, finché non si ritrovarono di nuovo davanti alla scaletta.

– Siamo tornati al punto da cui eravamo partiti – disse Jack. – E il cuore della quercia non l'abbiamo trovato.

– Aspetta. Quello cos'è? –. Annie indicava una lunga e sottile fessura nella corteccia dell'albero. Dalla crepa sembrava uscire una fievole luce argentea.

Jack toccò la corteccia immergendo le dita nell'alone di luce. Spinse. La fessura si allargò.

– È una porta segreta! – esclamò allora, spingendo più forte. Si udì uno scricchiolio e nel tronco si aprì un'alta porta. Dall'interno sgorgò un fiotto di luce.

– Ehi, l'abbiamo trovato – bisbigliò Annie. – Abbiamo trovato il cuore della quercia!

Suo fratello annuì.

– Andiamo – aggiunse lei.

Insieme, i due ragazzini scivolarono oltre la stretta apertura ed entrarono nella lucente cavità del tronco.

Jack non credeva ai suoi occhi.

La stanza rotonda in cui si trovavano era illuminata da centinaia di candele accese.

Le ombre proiettate dalle fiamme danzavano sulle pareti tutt'intorno.

«Non è possibile» pensò Jack. Il cuore della quercia sembrava molto più grande dell'albero stesso!

– Benvenuti – disse una voce lieve e profonda al tempo stesso.

Jack e Annie si girarono e videro un uomo seduto su una sedia scolpita nel legno. Aveva una lunga barba bianca e indossava un ampio mantello rosso.

– Ciao, Merlino! – lo salutò allegramente Annie.

– Ciao, Annie. Ciao, Jack. Mi fa molto piacere rivedervi – rispose il mago. – Vi sono grato per l'aiuto che ci avete dato la scorsa vigilia di Natale, nel regno di Camelot. Ora Morgana e io pensiamo che potreste darci di nuovo una mano.

– Ne saremo felici! – si entusiasmò subito Annie.

– Il futuro del nostro regno dipende dal vostro successo – spiegò Merlino.

– Sei sicuro di volere proprio noi? – intervenne Jack. – Voglio dire, noi siamo solo due ragazzi...

– Avete superato davvero moltissime prove nel corso delle missioni che vi ha assegnato Morgana – rispose il mago. – Non siete forse Mastri Librai e Maghi della Magia di Ogni Giorno?

Jack annuì: – È vero.

– Molto bene. In questa missione avrete bisogno di tutta la vostra abilità – disse Merlino. – E vi servirà anche un aiutante… una guida proveniente dal nostro mondo, il mondo della magia e della leggenda!

– Allora stavolta vieni con noi? – si informò Annie.

– No – rispose lui. – La vostra guida sarà una persona molto più giovane di me. Adesso si trova nella mia biblioteca. Ieri mi ha portato alcuni libri che avevo chiesto dalla biblioteca di Morgana –. Merlino si alzò. – Venite – li invitò poi, e con-

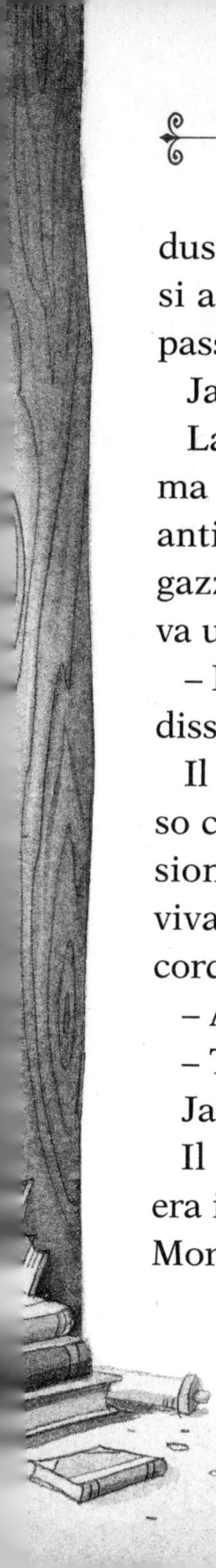

dusse i due ragazzini verso una porta che si apriva nella parete ricurva. La aprì e passò nella stanza accanto.

Jack e Annie lo seguirono.

La stanza odorava di muffa ed era colma di rotoli di pergamena e libri dall'aria antica. Sul pavimento era seduto un ragazzo di undici o dodici anni, che leggeva un libro alla luce di una lanterna.

– Il vostro aiutante e la vostra guida... – disse Merlino a Jack e Annie.

Il ragazzo sollevò lo sguardo. Il suo viso coperto di lentiggini aveva un'espressione simpatica. Gli occhi erano scuri e vivaci. Vedendo i due fratellini sorrise cordialmente.

– Arf, arf! – disse.

– Teddy! – lo riconobbe Annie.

Jack non credeva ai suoi occhi.

Il loro aiutante nella nuova missione era il giovane stregone... l'apprendista di Morgana!

Una volta tanto, Mago Merlino sembrava sorpreso. – Ma come... vi conoscete già?

– Sì, ci siamo conosciuti un po' di tempo fa, quando io per sbaglio mi ero trasformato in cane! – spiegò Teddy.

– Morgana voleva dargli una lezione – aggiunse Annie. – Perciò lo mandò con noi in quattro viaggi con la casetta magica, prima di farlo tornare ragazzo. E proprio quel simpatico cagnolino ci salvò la vita sul Titanic, e ci aiutò a sfuggire a una mandria di bufali infuriati!

– Già – confermò Jack. – E ci ha salvati anche da una tigre in India e da una foresta in fiamme in Australia.

– Viaggi favolosi, non c'è che dire – osservò Merlino. – Sono davvero lieto che vi conosciate. La vostra amicizia vi sarà certamente d'aiuto in questa importante missione.

– Qual è la missione? – domandò Annie.

– In questo momento ci troviamo in

uno dei regni che confinano con Camelot – le rispose Merlino. – Al limitare di questa foresta c'è il castello di un duca –. Merlino si chinò in avanti, con l'aria di chi sta per raccontare qualcosa di terribile. – La vostra missione è quella di fare ordine nel castello del duca.

Il mago tornò a sedersi. I suoi occhi erano sereni, ma brillavano di una luce fiera.

«Fare ordine in un castello?» pensò Jack. «Tutto qui?»

– Ma chi ha messo tutto in disordine? – chiese Annie.

– Lo scoprirete presto – rispose Merlino in tono misterioso.

– Accettiamo volentieri questo compito – intervenne Teddy. – Porteremo a termine la missione con successo!

Merlino posò lo sguardo sul giovane apprendista stregone. – Forse – disse. – Ma ricorda ciò che ti dico, ragazzo: di solito sei frettoloso e distratto con le rime magiche. In questa missione dovrai scegliere le parole con la massima attenzione.

– Lo farò – promise Teddy.

Merlino si rivolse allora a Jack e Annie. – Ho una raccomandazione anche per voi – disse. – State per entrare in un tunnel di paura. Procedete con coraggio, e riuscirete a raggiungere di nuovo la luce.

«Un tunnel di paura?» ripeté Jack fra sé, un po' spaventato.

Merlino prese una lanterna e la tese a Teddy. – Il castello del duca è a est. Andate in fretta – disse. – Si deve fare ordine nel più breve tempo possibile.

Teddy annuì, guardando il vecchio mago.

Subito dopo si rivolse a Jack e a sua sorella Annie. – Andiamo al castello del duca! – esclamò pieno d'entusiasmo, e fece strada ai due amici.

Insieme i tre uscirono dal cuore della quercia.

3
Rok

FACEVA PIÙ FREDDO, fuori. Il buio stava calando rapidamente e c'era vento.

– Una fantastica avventura, non credete? – disse Teddy.

– Sììì! – esclamò Annie.

Anche Jack era contento ed emozionato, ma aveva molte domande in testa. Teddy si avviò di buon passo nella foresta di querce e Jack si affrettò dietro di lui.

– In cosa pensi che consista la nostra missione, di preciso? – chiese.

– Merlino ha detto che dobbiamo fare ordine nel castello del duca – gli ricordò Annie.

– Forse vuole che spazziamo i pavimenti e laviamo i piatti – scherzò Teddy.

– E magari che rifacciamo anche i letti! – aggiunse Annie.

Lei e Teddy scoppiarono in un'allegra risata.

– Sono sicuro che la missione non si limiterà a una serie di lavori domestici – obiettò Jack. – Hai dimenticato il "tunnel di paura"?

– Oh, non devi temere la paura – lo tranquillizzò Teddy. – Io conosco l'arte della magia, ricordi?

– Conoscevi già la magia prima di incontrare Morgana e Merlino? – gli chiese Annie.

– Certo. Mio padre era un mago – rispose Teddy. – E mia madre era un folletto dei boschi dell'Altro Mondo.

– Che cosa divertente... – commentò Annie.

I tre ragazzini si facevano strada in uno spesso strato di foglie secche. Le raffiche di vento scuotevano i rami degli alberi. E bellissime foglie dorate si sparpagliavano al suolo intorno a loro.

I pensieri di Jack turbinavano come quelle foglie sospinte dal vento. Merlino nel cuore della quercia, maghi, folletti dei boschi... nessuna di queste cose avrebbe avuto il minimo senso a casa, a Frog Creek.

Poi finalmente Teddy li condusse fuori dalla foresta, in una radura.

– Alt! – esclamò.

A quel comando Jack e Annie si fermarono. Al di là della radura sorgeva un piccolo villaggio formato da casette dai tetti di paglia. Le finestre di ogni casa erano illuminate dalla luce delle candele. Il fumo dei camini si innalzava nel cielo grigio del crepuscolo autunnale.

Teddy sollevò la sua lanterna. – Andiamo avanti! – disse.

I tre si incamminarono lungo un sentiero che attraversava il villaggio. Molti bambini vestiti di stracci si affacciarono a sbirciare dalle porte delle case.

– Salute a tutti! – esclamò l'apprendista mago. – Potete indicarci come si arriva al castello del duca?

– Il castello? – ripeté un ragazzino con voce tremante. – È dall'altra parte del bosco –. E indicò la foresta che sorgeva dalla parte opposta del villaggio. – Seguite il sentiero e ci arriverete di sicuro!

– Oh, ma non dovete andarci! – intervenne una bambina.

– Perché no? – chiese Annie.

– È successo qualcosa di brutto, là – spiegò lei. – Persino i corvi sono fuggiti!

– Nessuno di voi è andato laggiù a vedere cos'è accaduto? – domandò Jack.

– Solo la vecchia Maggie, che lavorava al castello – rispose la bambina. – Due settimane fa è andata al castello come al solito. Ma è tornata a casa di corsa, fuori di sé dalla paura.

– Maggie dice che il castello è stregato... è pieno di fantasmi – intervenne un ragazzino. – Continua a ripetere la stessa filastrocca...

– Fantasmi? – disse Jack. Aveva la bocca asciutta per l'emozione.

Invece Teddy rise. – Io non ho paura dei fantasmi! – dichiarò.

– Ne hai mai visto uno, Teddy? – gli chiese Annie.

– No, ma mi piacerebbe! – ribatté lui con un sorriso sfacciato.

– Guardate lassù! –. Una delle ragazzine che si erano avvicinate indicò il cielo. – I corvi stanno tornando!

Uno stormo di grossi uccelli neri stava planando nel cielo grigio e cupo. I bambini del villaggio si misero a strillare e molti adulti si precipitarono fuori dalle case.

– Andate via! – gridò una donna ai corvi. Poi raccolse una manciata di pietre e cominciò a gettarle agli uccelli. – Lasciateci in pace!

– No! Ferma! – la trattenne Annie. – Non faccia del male agli uccelli! Non vi hanno fatto niente!

Una delle pietre colpì la coda di un corvo, che precipitò al suolo.

– Oh, no! – strillò Annie.

Gli adulti trascinarono i bambini in casa. Le porte si chiusero sbattendo e le persiane furono sigillate.

Annie corse dall'uccello caduto e si inginocchiò al suo fianco.

Jack e Teddy la raggiunsero. L'uccello era rannicchiato su se stesso, con le ali leggermente aperte. Il povero animale aveva la testa piegata da un lato ed emetteva bassi versi striduli. Una delle penne della coda era malamente piegata.

– *CUU CUU!* – disse ad alta voce Teddy. Poi guardò Jack. – Una volta ho fatto un viaggio fino all'Isola degli Uccelli, per studiare le loro lingue – spiegò. – Ho imparato un po' di colombese, ma niente corvino.

– Non preoccuparti – lo tranquillizzò Jack. – Annie sa parlare con gli uccelli e con gli altri animali.

– Mi dispiace tanto per ciò che ti ha fatto quella donna – disse Annie al corvo, con grande dolcezza, accarezzando le lucide piume nere della sua testa. – Come ti chiami?

– *ROK* – gracchiò il corvo.

– Rok? Ti chiami Rok? – ripeté Annie.

– *ROK!* – gracchiò di nuovo l'uccello.

– Visto? Te l'avevo detto – disse Jack a Teddy.

– Rok, quelle persone hanno paura di te e dei tuoi amici per qualche ragione – proseguì Annie.

Rok emise un verso flebile e un po' stridulo: – *CRONG? CRONG?*

– Sì, è per questo che ti hanno colpito – spiegò Annie. – Una delle penne della tua coda è piegata. Ma le ali non sembrano rotte.

Rok agitò le ali e fece qualche passo. Era molto debole.

– Forza, Rok – lo incoraggiò Annie. – Puoi farcela.

Il corvo mosse un'altra volta le lunghe ali. – *QUORK!* – gracchiò, sollevandosi da terra.

– Bravo! – esultò Annie, battendo le mani per la contentezza.

Rok sbatté le ali e decollò nella luce del tramonto.

Prese il volo, poi svoltò agilmente per tornare da Annie.

– *CRA! CRA!* – le disse, come per ringraziarla.

– Sta' attento, Rok, mi raccomando! – gli disse la ragazzina.

Lei, Jack e Teddy salutarono l'uccello agitando la mano mentre spariva in lontananza.

Annie sorrise ai due ragazzi. – Era bellissimo, vero?

– Già – convenne Teddy. – E credo che le tue parole gentili l'abbiano curato.

– Mi chiedo perché la gente di qui ha tanta paura dei corvi – disse lei.

– Già – disse Jack. – E poi cos'erano tutti quei discorsi sui fantasmi?

– Fantasmi? – ripeté Teddy. Il ragazzo sorrise. – Non devi aver paura dei fantasmi, se sei con me.

Jack rabbrividì. – Non ho assolutamente paura...

– Non hai paura? – ripeté una vocina stridula.

Jack, Annie e Teddy si guardarono intorno.

Sulla soglia buia di una delle piccole case c'era una vecchietta, che si piegò in avanti e con voce incerta disse:

– Dov'è la fanciulla
che continua a filare?
Dove sono i ragazzi
che a scacchi vogliono giocare?
Dov'è il cane
che vuole mangiare?

La vecchietta rivolse ai tre ragazzini uno sguardo impaurito. Poi tornò in casa e chiuse la porta.

Jack sentì un brivido corrergli lungo la schiena.

– Quella signora dev'essere la vecchia Maggie, la donna che lavorava al castello –

osservò Annie. – Chissà di cosa stava parlando…

– Non lo so – rispose Teddy. Poi sorrise. – Ma è brava a parlare in rima, non pare anche a voi?

Jack annuì. – Già – convenne.

– Andiamo, ragazzi! – esclamò Teddy. – Si sta facendo notte!

I tre amici si lasciarono alle spalle il villaggio e corsero lungo il sentiero, verso la foresta. Intorno a loro l'oscurità era sempre più fitta.

Teddy teneva alta la lanterna per illuminare il cammino. Il vento scuoteva i

rami degli alberi, facendoli sussurrare nella fredda notte autunnale.

Quando finalmente uscirono dalla foresta, tutti e tre trattennero il fiato, meravigliati.

– Oh, cavoli... – sussurrò Jack.

Davanti a loro, immerso nel chiarore della luna, torreggiava un enorme castello di pietra.

4
Il castello

IL CASTELLO ERA IMMOBILE e silenzioso. Non c'erano candele accese alle finestre. Non c'erano sentinelle nel posto di guardia. Non c'erano arcieri a pattugliare la sommità delle mura.

– Ehilà! – gridò Teddy.

Nessuna risposta.

– Non è certo un castello ben protetto, non vi pare? – osservò il giovane appren-

dista stregone. – La nostra missione si prospetta piuttosto semplice.

– Già –. Annie era d'accordo.

Tuttavia Jack non disse una parola. Si sarebbe sentito molto più tranquillo se le sentinelle avessero custodito il castello. Almeno le cose sarebbero sembrate più normali.

– Forza, andiamo! – li incitò Teddy.

Jack e Annie lo seguirono su un ponte di legno che conduceva al cortile interno dell'edificio.

Teddy alzò la lanterna per illuminare le enormi doppie porte ad arco. Alcune ragnatele scintillarono nella fioca luce opaca.

– Salve! Possiamo entrare? – chiese a voce alta.

Silenzio.

I tre ragazzini, perplessi, rimasero fermi in prossimità delle pesanti porte di legno.

– Niente paura, provvedo io. Saremo dentro in un battibaleno – dichiarò Teddy.

Il ragazzo posò la lanterna. Fece un

profondo respiro. Si strofinò le mani. Poi allargò le braccia e gridò: – *Apritevi, grandi porte, altrimenti...*

Si girò e rivolse uno sguardo interrogativo a Jack e Annie. – Presto, mi serve una parola che faccia rima con "altrimenti".

– Mmm... pavimenti? – propose Jack.

– Ottimo – approvò Teddy. Allargò di nuovo le braccia e gridò:

– Apritevi, grandi porte, altrimenti...
noi non spazzeremo i pavimenti!

Non accadde nulla.

Teddy guardò i due compagni. Rima sbagliata...

Annie si accigliò e annuì.

– Siamo sicuri che le porte siano chiuse a chiave? – domandò Jack.

– Vediamo – rispose sua sorella. Lei spinse un battente e Jack spinse con forza l'altro.

Lentamente le grandi porte si aprirono cigolando.

– Ehi, favoloso! – esclamò Teddy con una risata. – È permesso?

E con la mano fece segno a Jack e Annie di entrare.

Il cortile interno del castello era gelido e deserto. Jack vedeva il suo fiato trasformarsi in una nuvoletta di vapore nell'aria fredda. Si udì un cigolio e tutti e tre si girarono di scatto. Le pesanti porte di legno si mossero da sole e si richiusero con un tonfo. I tre ragazzini rimasero a guardarle allibiti per qualche istante. Alla fine Teddy ruppe il silenzio: – Molto interessante – commentò allegramente, guardandosi intorno.

Jack cercò di sorridere. – Già... divertente – disse. Rabbrividì, ma non sapeva se per il freddo o per la paura. «E adesso?» si chiese. «Stiamo forse entrando nel tunnel di paura?»

– Andiamo! – disse di nuovo Teddy. E condusse i due amici attraverso il cortile. Non si vedeva anima viva in giro. Jack ripensò alla breve filastrocca in rima canticchiata dalla vecchietta:

– *Dov'è la fanciulla*
che continua a filare?
Dove sono i ragazzi
che a scacchi vogliono giocare?
Dov'è il cane
che vuole mangiare?

Jack si chiedeva quale fosse il significato di quelle rime. Quale fanciulla? Quali ragazzi? Quale cane?

Teddy raggiunse l'ingresso di un imponente edificio. Jack e Annie lo seguirono.

Il ragazzino sollevò la lanterna perché potessero guardare all'interno. C'erano file di box per i cavalli, puliti e vuoti. Selle e briglie erano appese a ganci fissati alle pareti e negli angoli c'erano mucchi di fieno.

– Devono essere le stalle – disse Jack.

– Ma non ci sono cavalli – fece notare sua sorella.

– Non importa, qui è tutto a posto – tagliò corto Teddy. – Andiamo!

E li condusse alla porta di un altro edificio. La luce della lanterna illuminò un forno di mattoni, un focolare di pietra, cesti di mele e ciuffi di cipolle appesi alle travi di legno del soffitto.

– La cucina – disse Jack.

– Ma non ci sono né cuochi né camerieri – fece notare Annie.

– Non importa, anche qui è tutto a posto – concluse Teddy. – Andiamo avanti!

Mentre camminavano nel cortile illuminato dalla luce della luna, Jack guardò a destra e a sinistra. Poi si guardò alle spalle.

«Se ci sono dei fantasmi,» pensò «chissà che aspetto hanno? Saranno fantasmi coperti da un lenzuolo con tre buchi, come quelli di Halloween? Oppure persone trasparenti, attraverso cui è possibile guardare, come nei film?»

Jack si fermò. – Ehi, ragazzi! – bisbigliò. – Aspettate! Aspettate un attimo!

– Che cosa c'è? – chiese Annie.

Jack si aggiustò gli occhiali sul naso. – Siamo venuti qui solo per passare a caso da un edificio all'altro? – chiese. – Qual è la nostra strategia?

– Strategia? – ripeté stupito Teddy.

– Jack sta dicendo che dovremmo fare un piano – spiegò Annie.

– Ah, certo! – rispose Teddy. – Un'idea eccellente. Già, un piano… –. Sorrise. – Come si fa?

– Beh, prima di tutto dobbiamo chiederci: «Dove stiamo andando esattamente?» – precisò Jack.

Teddy si guardò intorno. Poi indicò una torre che svettava sopra il cortile.

– Là – disse. – Il "maschio", cioè la torre fortificata. Lì vive la famiglia… lì abitano il duca e la duchessa.

– Mi sembra perfetto – convenne Jack.

– Ora, cosa facciamo una volta che ci siamo arrivati?

– Saliamo le scale, un piano dopo l'altro, e diamo un'occhiata in giro – rispose Teddy.

– E se vediamo qualcosa che non è in ordine la rimettiamo a posto – aggiunse Annie.

– Buona idea! – disse Teddy.

– E poi? – chiese Jack.

– Ce ne andiamo! – rispose Teddy. – Missione compiuta!

Jack annuì. «Non è un granché come piano... né come missione» pensò. Ma gli piaceva la parte finale, quella che parlava di andarsene da quel posto. Sperava di riuscire ad andarsene prima che eventuali fantasmi si facessero vedere.

– D'accordo – disse.

Tenendo alta la lanterna per far luce, Teddy li condusse all'ingresso della torre fortificata. Spinse la porta di legno ed entrarono. Tre figure scure si profilarono minacciose sulle pareti di pietra.

– Ah! – gridò Jack. Fece un balzo indietro e andò a sbattere contro la sorella.

Annie rise. – Sono soltanto le nostre ombre – gli disse.

Jack si sentì sciocco. – Ah, già. Giusto. Scusami –. Fece un profondo respiro. – Va bene, andiamo a cercare le scale.

– D'accordo – convenne Teddy, avviandosi lentamente lungo un corridoio buio. Jack e Annie si affrettarono a seguirlo.

L'aria era umida e pesante. Il cuore di Jack batteva all'impazzata. «E adesso?» si chiedeva. «È questo il tunnel di paura?»

Un suono lamentoso si diffuse nel lungo corridoio. Subito dopo si sentì un forte tonfo.

– Accipicchia! – esclamò Annie, spaventata. Lei e Jack si presero per mano.

Teddy scoppiò a ridere. – Sono le imposte che sbattono! – spiegò.

– E quel gemito? – chiese Jack.

– Nient'altro che lo spiffero del vento nelle fessure delle finestre...

Jack sospirò di nuovo e proseguì. Poco dopo i tre ragazzini raggiunsero una scala a chiocciola.

– Una scala! – esclamò Annie.

«Bene» pensò Jack. Salire la scala era una parte concreta del loro piano.

– Andiamo? – chiese Teddy.

– Certo. Saliamo! – confermò Jack, tentando di sembrare sicuro come Teddy.

Il giovane apprendista mago alzò la lanterna e si avviò su per gli stretti gradini di pietra.

Jack e Annie lo seguirono. Salirono, e salirono, e salirono a spirale.

Quando raggiunsero il pianerottolo del primo piano, Teddy li condusse alla porta di una stanza. Sbirciarono all'interno e videro file di elmi, corazze, guanti di ferro, scudi, lance e spade.

– Questa è l'armeria – osservò Jack.

– Già – confermò Teddy.

– Qui tutto sembra in ordine – sottolineò Annie.

Jack annuì. Gli piaceva l'ordine di quella stanza. Lo faceva sentire al sicuro.

– Proseguiamo? – propose Teddy.

– Certo – rispose Jack. Cominciava a sentirsi più coraggioso.

I tre amici tornarono alla scala e ripresero a salire.

Al secondo piano, sbirciarono oltre un passaggio ad arco che dava su una grande sala.

Teddy prese la candela della sua lanterna e la usò per accendere le torce appese ai due lati del passaggio. Nella luce guizzante delle fiamme, Jack vide un alto soffitto e pareti coperte di arazzi.

– Questo è il salone – spiegò agli altri due – dove si tengono feste e banchetti.

– Diamo un'occhiata in giro – propose

Annie. – Vediamo se c'è qualcosa in disordine.

Mentre tutti e tre camminavano lentamente nella stanza, Jack tenne gli occhi bene aperti per non lasciarsi sfuggire eventuali fantasmi.

Poi Teddy tornò a sollevare la lanterna e illuminò un lungo tavolo da pranzo.

– Ah-ha! – esclamò.

Il tavolo era cosparso di briciole di pane, cera colata dalle candele e petali di fiori ormai appassiti. Il pavimento intorno al tavolo era piuttosto malconcio, disseminato di avanzi di cibo e ossi rosicchiati.

– Finalmente abbiamo trovato qualcosa da mettere in ordine – disse Teddy. – Come ci organizziamo?

Jack adocchiò una scopa di saggina, abbandonata in un angolo. – Io spazzo il pavimento – disse.

– Io pulisco il tavolo – si offrì Annie.

– E io gratto via la cera – aggiunse Teddy.

Jack afferrò la ramazza e cominciò a spazzare il pavimento tutt'intorno al tavolo. Scopò via bucce di mela, spine di pesce, gusci d'uovo e croste di formaggio.

Si sentiva soddisfatto. Stavano realizzando la missione che Merlino aveva affidato loro. «Stiamo facendo ordine nel castello, proprio come ci ha chiesto il mago» pensò il ragazzo. «E tra poco potremo andarcene.»

Improvvisamente Annie strillò.

Jack lasciò cadere la scopa e si girò verso la sorella.

– Guardate! – sussurrò Annie, a occhi sgranati. Stava indicando un focolare in pietra dalla parte opposta della grande sala.

Davanti al camino un grosso osso bianco si librava nell'aria. Si muoveva su e giù, poi, a un tratto, si diresse verso di loro.

5
Fantasmi

– AAAAH! – strillò Teddy.

– AAAAH! – strillò Jack.

– AAAAH! – strillò Annie.

Sempre strillando, i tre ragazzini corsero verso l'ingresso del salone. L'osso li seguì.

Teddy fece strada agli amici e tutti insieme superarono l'arco e si precipitarono su per la ripida scala a chiocciola.

Jack si guardò alle spalle.

– Sta arrivando! – gridò.

– AAAAH! – gridarono ancora tutti insieme.

Al pianerottolo seguente, Teddy irruppe nella stanza più vicina.

– Sbrigatevi! – gridò.

Trascinò dentro Jack e Annie e chiuse la porta. I tre ragazzini si appoggiarono alla porta per tenerla chiusa, tremanti e senza fiato.

– Siamo salvi... – ansimò Teddy dopo un istante. – Siamo sfuggiti all'attacco del terribile osso! –. E scoppiò a ridere.

Anche Jack rise. Ma rise di puro terrore... Non riusciva più a smettere.

– Ascoltate, ragazzi! – li interruppe Annie. – Sento un rumore!

Teddy smise di ridere. Jack si mise una mano sulla bocca e rimase in ascolto. Sentì un debole ticchettio, ma non vide nulla.

Teddy usò di nuovo la candela per accendere le torce appese alle pareti. Dopo-

diché i tre ragazzini poterono guardarsi intorno.

– Sembra la camera dei bambini – osservò subito Teddy.

Alla luce delle torce videro tre lettini, alcuni giocattoli di legno sparsi sul pavimento e una lunga tenda bianca che fluttuava nell'aria davanti a una finestra aperta.

Il ticchettio sembrava provenire da un angolo buio.

– Che cos'è? – bisbigliò Annie, avvicinandosi.

Jack e Teddy la seguirono. La luce della lanterna si posò su un piccolo arcolaio giocattolo, nell'angolo vicino a una cesta piena di lana e a un alto specchio impolverato.

L'arcolaio stava filando la lana, ma non c'era nessuno a farlo funzionare. Filava da solo!

– Guardate! – esclamò Annie.

Stava indicando un piccolo tavolo vicino all'arcolaio. Sul tavolo c'era una scacchiera.

I grossi pezzi di legno erano disposti ordinatamente sui riquadri chiari e scuri. Ma alcuni dei pezzi... si muovevano da soli!

Sotto gli occhi stupefatti di Jack, Annie e Teddy, un cavallo scivolò lentamente da un riquadro all'altro. Subito dopo una regina fece esattamente lo stesso...

– Accipicchia! – esclamò Annie.

– Fantasmi! – esclamò Teddy.

– Usciamo di qui! – strillò Jack.

I tre amici attraversarono la stanza e Teddy spalancò la porta. L'osso bianco era lì, che fluttuava nell'aria, proprio davanti a loro!

– AAAAH! – gridarono tutti e tre.

Teddy richiuse la porta facendola sbattere. I tre ragazzini si abbracciarono stretti, avevano paura di uscire dalla stanza, ma avevano paura anche a restare. Il cuore di Jack batteva all'impazzata.

– Io... io credevo che tu non avessi paura dei fantasmi... – disse a Teddy, senza fiato.

– Beh... ecco... credo di avere appena scoperto che non è vero! – ribatté Teddy.

– Cosa facciamo adesso? – chiese Jack.

– Una rima... un incantesimo... – farfugliò Teddy.

Si affrettò a passare a Annie la lanterna che aveva in mano, poi allargò le braccia e cominciò a pronunciare un incantesimo:

– *Spiriti dell'aria e della terra!*

Guardò Jack e Annie. – Presto, mi serve una parola che faccia rima con "terra"!

– Guerra! – propose Jack.

Teddy scosse la testa. – Temo che una guerra peggiorerebbe solamente le cose...

Jack si sforzò di pensare a una parola adatta.

– Aspetta! – esclamò Annie. – Ce l'ho! Ho capito!

La bambina rivolse un sorriso soddisfatto ai due ragazzini che erano con lei.

«Mia sorella dà i numeri...» pensò Jack.

– Ricordate la filastrocca che ci ha fatto ascoltare prima la vecchia Maggie? – chiese Annie. E cominciò a recitare:

– *Dov'è la fanciulla*
che continua a filare?

Poi indicò l'arcolaio nell'angolo della stanza. – Eccola lì! La fanciulla sta filando con quell'arcolaio!

Annie recitò il secondo verso:

– *Dove sono i ragazzi*
che a scacchi vogliono giocare?

Poi indicò il piccolo tavolo con la scacchiera. – Eccoli lì. – esclamò. – Probabilmente sono i suoi fratelli. Stanno giocando a scacchi!

Un attimo dopo Annie riprese:

– *Dov'è il cane*
che vuole mangiare?

E poi corse a spalancare la porta della stanza dei bambini.

L'osso era ancora là, che si librava nell'aria.

Jack e Teddy fecero un balzo indietro, terrorizzati.

– Non dovete avere paura, ragazzi! – li tranquillizzò Annie ridendo. – È solo un cagnolino! E ha un osso in bocca! Ma proprio non capite? La fanciulla, i ragazzi, il cane... sono tutti qui! Solo che sono invisibili!

6
Il diamante di Merlino

JACK E TEDDY erano senza parole. Guardarono Annie a bocca aperta, mentre la bambina si inginocchiava e parlava con il cane invisibile.

– Ciao, bello – disse lei con dolcezza. – Hai fame?

L'osso cadde verso il pavimento e cominciò a dondolare.

– Visto? – disse Annie a Jack e Teddy.

– Si è rovesciato sulla schiena con l'osso in bocca. Poverino...

– Poverino? – si stupì Jack.

– Dobbiamo aiutarlo, Jack – insistette sua sorella. – E dobbiamo aiutare anche loro... la fanciulla e quei ragazzi, i suoi fratelli!

La bambina attraversò di corsa la stanza. Jack e Teddy la seguirono.

Annie si fermò accanto al piccolo arcolaio. – Noi non ti vediamo, – disse – ma non abbiamo paura di te. Vogliamo aiutarti. Ehi, fanciulla, mi senti? –. Il piccolo arcolaio smise di filare.

– Avete visto? Ci ha sentiti! – disse Annie al fratello e all'amico. Poi si rivolse di nuovo alla fanciulla fantasma: – Che cos'è successo a te, ai tuoi fratelli, al cane e agli abitanti del castello? Come mai siete diventati tutti invisibili?

Jack sentì una folata di aria fredda passargli vicino.

– Credo che si sia mossa – osservò Annie.

– Già – confermò Teddy. – Guardate lì – e indicò lo specchio impolverato.

Un dito invisibile stava scrivendo qualcosa nella polvere. Lentamente apparvero sette parole:

– Non posso crederci! – esclamò Teddy. – Allora questo è il castello segreto che custodisce il Diamante del Destino!

– Che cos'è? – volle sapere Jack.

– Un diamante magico che appartiene a Merlino – spiegò il giovane apprendista mago. – Era incastonato nell'elsa della famosa spada che re Artù riuscì a sfilare dalla roccia, molti anni fa.

– Certo, conosco quella storia – disse Annie. – È così che Artù divenne re!

– Già! – confermò Teddy. – E un giorno il Diamante del Destino darà la stessa forza e lo stesso potere al suo successore, il prossimo legittimo sovrano di Camelot.

– Forse è questo che intendeva Merlino quando ha detto che il futuro di Camelot dipende da noi – osservò Annie.

– Di sicuro – convenne Teddy.

– Ehi, aspettate – li interruppe Jack. – Sono confuso. Cos'ha a che fare il Diamante del Destino con cani e bambini invisibili?

– Quando Artù divenne re, Merlino consegnò il diamante a una nobile famiglia di

Camelot – raccontò Teddy. – Il nome della famiglia fu mantenuto segreto. Finché la famiglia avesse custodito il diamante, i suoi componenti avrebbero goduto di buona sorte. Ma se avessero fallito e non avessero custodito a dovere la pietra preziosa, allora si sarebbero dissolti.

– Ah! Evidentemente quella famiglia non ha impedito che il diamante fosse rubato – intervenne Annie. – E così sono stati tutti trasformati in fantasmi!

– Esatto – confermò Teddy.

– Chissà dove tenevano il diamante… – mormorò Jack.

– Bella domanda! – approvò subito Teddy. – Di certo lo tenevano in un nascondiglio speciale...

– Ehi, guardate! – li interruppe in quel momento Annie, indicando la parete accanto allo specchio.

Un pesante arazzo era stato spostato, rivelando una porticina nel muro di pietra.

E la piccola porta si stava aprendo lentamente.

– La fanciulla fantasma! – esclamò Annie. – Ci sta mostrando il nascondiglio segreto del diamante!

I tre amici si precipitarono verso la parete e guardarono nella piccola nicchia. Le pareti della nicchia erano foderate d'oro e di avorio, ma non c'era niente, all'interno. La nicchia era completamente vuota!

Annie si guardò intorno. – Fanciulla fantasma, – disse – chi ha preso il Diamante del Destino?

Di nuovo alcune lettere apparvero sulla superficie dello specchio. Il dito invisibile scrisse:

Il Corvo

– Oh, no... Per favore, non lui – mormorò Teddy.

Jack sentì di nuovo un'ondata di paura

percorrerlo dalla testa ai piedi. – Oh-no-per-favore-no-cosa? – chiese.

– Aspetta – disse Teddy, senza dargli una risposta, indicando lo specchio.

Il dito scrisse ancora nella polvere:

Il Re Corvo

– Proprio come temevo – commentò Teddy, sconsolato. – Il Re Corvo!

7
Uno, due, tre!

– ECCO PERCHÉ Merlino ha richiesto quei libri! – esclamò Teddy.

– Quali libri? E chi è il Re Corvo? – chiese Jack.

– Adesso tutto ha un senso! – rifletté a voce alta Teddy.

– Chi è il Re Corvo? – ripeté Jack.

– Chissà come avrà fatto a trovare il Diamante del Destino... – aggiunse Teddy.

– Teddy! Si può sapere chi è il Re Corvo? – disse ancora una volta Jack, quasi gridando.

– È una creatura terrificante che viene dall'Altro Mondo – spiegò finalmente Teddy. – Ho letto alcune notizie su di lui in uno dei libri che ho portato a Merlino dalla biblioteca della fata Morgana. Da ragazzo, il Re Corvo desiderava essere un uccello per poter volare. Rubò un incantesimo al Mago dell'Inverno, ma non aveva il potere necessario per farlo funzionare bene. Perciò l'incantesimo fu efficace soltanto a metà e lo rese metà uccello e metà uomo.

– Oh, cavoli – mormorò Jack.

– Adesso ha ai suoi ordini un esercito di corvi che lo considerano il loro re – proseguì Teddy.

– Perché avrebbe rubato il Diamante del Destino? – chiese Annie.

– Non lo so – rispose Teddy. – Comunque

noi dobbiamo recuperarlo! Per salvare il futuro di Camelot!

– E questi bambini fantasma – aggiunse Annie. – E il loro cagnolino! –. Si guardò intorno. – Non preoccupatevi – disse a voce alta. – Vi aiuteremo noi. Riporteremo qui il Diamante del Destino!

– Davvero? – chiese Jack. – E come? Non sappiamo neanche dove vive questo misterioso uomo-corvo...

– Guarda! La ragazzina sta scrivendo qualcosa – bisbigliò Teddy a Jack. – Ti ha sentito.

Altre cinque parole apparvero lentamente nella polvere sullo specchio:

Nido
in cima alla montagna

Jack sentì di nuovo una folata di aria fredda passargli vicino. La tenda della finestra si spostò e un raggio di luna illuminò il pavimento. Jack, Annie e Teddy si avvicinarono alla finestra e guardarono fuori. In lontananza, una montagna scoscesa si stagliava nel cielo rischiarato dalla luna.

– Ah! – bisbigliò Teddy. – Allora è là che vive il Re Corvo! Pensavo che il suo nido si trovasse nelle terre dell'Altro Mondo!

– Non riusciremo mai a salire in cima a quella montagna – commentò sconsolato Jack.

– Già – convenne Teddy. – Nessun semplice mortale può arrampicarsi su quelle pareti scoscese.

– E allora come facciamo ad arrivare fin là? – chiese Annie.

Teddy scrollò il capo. – Un semplice mortale non può arrampicarsi su quei dirupi – ripeté.

– Hai perfettamente ragione! – confermò Jack.

– E allora come facciamo a recuperare il diamante? – insistette la sorella.

– Io ho parlato di "semplici" mortali – riprese Teddy. – Ma io sono più di un semplice mortale, ricordate? Sono un giovane stregone.

– Già, ma i tuoi incantesimi non funzionano mai – disse Annie.

– È vero – convenne il ragazzo. – Ma questa volta useremo qualcosa di più potente dei miei incantesimi –. Ed estrasse un ramoscello di nocciolo dalla tasca. – Visto?

– Che cos'è? – si informò Jack.

– È una bacchetta magica – rispose Teddy. – La sua magia è abbastanza potente da trasformarmi in qualunque cosa io voglia.

– Uau... – mormorò Annie, sgranando gli occhi.

– Te l'ha data Morgana? – chiese Jack.

– No – rispose Teddy. – Morgana e Merlino non sanno neppure che ce l'ho. Me l'ha data un elfo della foresta, cugino di mia madre, perché io la possa usare in caso d'emergenza.

– In cosa vorresti trasformarti? – volle sapere Annie.

– In un corvo, naturalmente!

«Teddy sta dando i numeri» si disse Jack, preoccupato.

Ma Annie non la pensava allo stesso modo. – Accipicchia, che idea fantastica! – commentò.

«Sono matti tutti e due» pensò Jack.

– Già, non c'è male –. Teddy era compiaciuto. Poi sollevò la bacchetta magica.

– Aspetta un attimo! – lo fermò Jack. – Almeno hai un piano? Voglio dire... cosa pensi di fare dopo esserti trasformato in corvo?

– Volerò fino al nido in cima alla montagna – rispose Teddy. – Troverò il diamante e lo riporterò nel suo nascondiglio. Fine. Missione compiuta.

– E noi cosa facciamo nel frattempo? – domandò Annie.

– Voi mi aspettate qui. Tornerò il più in

fretta possibile – ribatté tranquillo il ragazzo.

Salì sul davanzale della finestra. La sua ombra, nella luce lunare, si allungò sul pavimento.

– Buona fortuna! – gli augurò Annie.

– Grazie! –. Teddy alzò il ramoscello di nocciolo.

– Fermo! – lo trattenne ancora una volta Jack. – Possiamo discutere il tuo “piano” un po’ più a fondo?

Ma Teddy stava già agitando la bacchetta magica nell’aria. La fece ondeggiare, sollevandola fin sopra la propria testa e poi abbassandola fino ai piedi.

– Teddy, non farlo! – gridò Jack.

Ma Teddy cominciò a pronunciare l’incantesimo:

– *Bacchetta magica, ascolta me!*

Trasformami in corvo…

Svelti, mi serve al volo una parola che faccia rima con “me”!

– Aspetta! – esclamò Jack.

– Questa non fa rima con "me" – obiettò Teddy.

– Tre! – propose allora Annie.

– Ottimo suggerimento! Questa è perfetta – approvò Teddy. E pronunciò di nuovo l'incantesimo:

– *Bacchetta magica, ascolta me!*
Trasformami in corvo, uno, due, tre!

E così dicendo agitò ancora una volta il ramoscello di nocciolo, tracciando un cerchio immaginario intorno al proprio corpo.

– Stai attento! – si raccomandò Jack, abbassandosi velocemente e coprendosi la testa con le braccia.

D'un tratto sentì un boato e una vampata di calore. Poi udì uno strano suono stridulo.

Jack alzò lo sguardo. Il ramoscello di Teddy era caduto a terra e l'ombra sul pavimento non era più quella di un ragazzino.

Jack rabbrividì.

Un grosso corvo era appollaiato sul davanzale della finestra, proprio dove prima c'era il suo amico. La luce della luna faceva risplendere le lucide ali nere dell'uccello, le piume arruffate che coprivano la sua gola, il collo robusto e il grosso becco.

C'era un secondo corvo vicino alla finestra, identico al primo, ma più piccolo.

«Dov'è Annie?» si chiese spaventato Jack. Provò a chiamare la sorellina, ma dalla sua gola uscì un orribile suono gracchiante: – AK-NEE!

Jack aveva l'impressione di vivere un terribile incubo.

Chinò la testa e si guardò il corpo...

Le sue braccia si erano trasformate in un paio di ali nere come il carbone.

Le gambe erano diventate due zampe sottili, che terminavano con quattro dita scarne, dotate di artigli ricurvi e molto affilati.

Per errore, Teddy li aveva trasformati tutti in corvi... uno, due e tre!

8
Vola! Vola!

– *CRA-JAH! CRA-AK-NEE!* – gracchiò Teddy.

Il ragazzo parlava in corvino, ora, ma Jack lo capiva perfettamente. Teddy aveva detto: «Scusatemi tanto, Jack e Annie!».

Annie fece un passo in avanti. Svolazzò fino al davanzale e si posò accanto a Teddy.

– GRA-QUORK! – gracchiò. «Non c'è problema! È divertente!»

– QUORK? – strillò Jack. «Divertente!?»

– GRO-JAH! – gracchiò Annie di rimando. – KAH-SPREE! –. «Andiamo, Jack! Si vola!»

Annie e Teddy si staccarono dal davanzale e presero il volo, sparendo nella leggera foschia che velava la notte.

«Non può essere vero...» pensò Jack. «Non è possibile!»

Si guardò le penne e gli artigli. Aprì l'ala destra e poi la sinistra. Quindi le sbatté entrambe. E prima di rendersene conto, senza nessuna difficoltà, si ritrovò sul davanzale.

Jack vide Annie e Teddy che svolazzavano nella notte rischiarata dalla luna. Volteggiavano come acrobati, tuffandosi in picchiata e poi risalendo verso l'alto.

– AK-NEE CAW! – gracchiò Jack. «Annie, torna indietro!»

– SPREE! SPREE! – ribatté lei, chiamandolo. «Vola! Vola!»

– AK-NEE!

Annie risalì, dopo una picchiata da brivido, e con un'agile capriola andò a posarsi accanto al fratello.

– È divertentissimo, Jack! – gracchiò. – Vieni anche tu! Non startene lì impalato su quel davanzale!

Anche Teddy si avvicinò. – Io vado in cima alla montagna! Venite con me, coraggio!

– Forza, Jack! – gracchiò di nuovo Annie. E decollò al seguito di Teddy, piroettando nell'oscurità della notte.

«Oh, cavoli!» si disse Jack. Il suo piccolo cuore di corvo batteva all'impazzata. «A questo punto sono decisamente entrato nel tunnel di paura» pensò. Le parole di Merlino riecheggiarono nella sua mente: «Procedete con coraggio, e riuscirete a raggiungere di nuovo la luce».

Jack guardò la notte, là fuori. Chiuse gli occhi e saltò dal davanzale. Stava cadendo! Aprì gli occhi e sbatté le ali con forza. Le ali lo sostennero e gli diedero stabilità. Il giovane corvo si librò nella fredda aria notturna, scrutando con gli occhi a destra e a sinistra. Poi guardò in basso... e quasi svenne: il cortile del castello era lontanissimo!

Jack batté le ali. Poi planò per qualche istante. Riprese a sbattere le ali e planò di nuovo. E così, sbattendo le ali e planando, alternativamente, salì sempre più in alto nel cielo.

– RARK! – gracchiò a gran voce. «Eccomi!»

I tre giovani corvi volarono insieme in quella notte di luna, diretti al nido del Re Corvo. Fatta eccezione per il lieve fruscio delle ali, non facevano alcun rumore. Risalirono lungo il ripido pendio della montagna, superando abeti e alti pini. Volarono attraverso banchi di nuvole fitte. E mentre planavano verso il picco,

Teddy emise un verso basso e stridulo: esercito di corvi in vista!

Jack sbirciò in basso. Non poteva credere ai suoi occhi. Nella luce limpida della luna, vide migliaia di corvi appollaiati sui pendii rocciosi della montagna.

Jack, Annie e Teddy continuarono a volare. Volteggiarono sopra quelle truppe minacciose, sempre più in alto, verso il picco scosceso. Quando finalmente lo raggiunsero, Teddy gracchiò: – Eccolo lì! Quello è il nido del Re Corvo!

9
Un frammento di stella

TEDDY SI POSÒ su una sporgenza rocciosa. Jack e Annie lo imitarono. Nascosti nell'ombra, i tre amici si strinsero e le loro penne lucide e nere si toccarono. Poi si fecero coraggio e allungarono il collo per dare un'occhiata alla meta di quel volo notturno.

L'enorme nido del Re Corvo era costruito su una sporgenza a strapiombo.

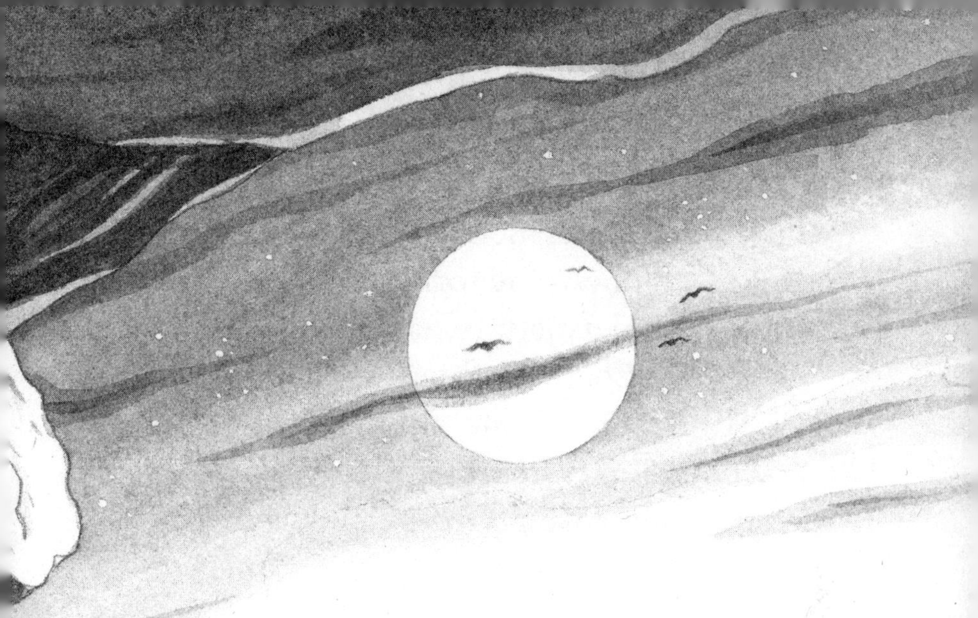

Era fatto di fango, ramoscelli e lunghe strisce di corteccia. Due corvi stavano di sentinella all'entrata buia.

– OK – gracchiò piano Jack. – Qual è il piano?

– Ascoltatemi bene – rispose Teddy. E con una serie di sussurri rauchi espose ciò che pensava di fare: – Io distraggo le guardie. Annie, tu tieni d'occhio l'entrata.

Jack, tu entri nel nido e prendi il diamante. Poi voi due ve ne tornate alla svelta al castello e mi aspettate.

– E il Re Corvo? – chiese Jack.

– Ho la sensazione che non sia qui – gracchiò Teddy di rimando. – Non vedo le sue numerose guardie del corpo. Comunque ci conviene sbrigarci, prima che torni.

Jack aveva una miriade di domande in testa, ma prima che potesse gracchiarne una, Teddy prese il volo e andò verso l'ingresso del nido.

– Andiamo! – gridò Annie, decollando a sua volta.

Jack era in preda al panico. Arruffò le penne e gracchiò: – Aspettate, ragazzi! –. Ma era troppo tardi. Teddy stava già scagliandosi contro le sentinelle. – *ARK-ARK-ARK!*

I due corvi di guardia lasciarono il loro posto, volarono verso Teddy lanciando brevi strilli striduli, e lo seguirono in alto, nel cielo, proprio dove lui voleva portarli.

Annie sfrecciò verso l'ingresso del nido. – Muoviti, Jack! – gracchiò.

Jack balzò dalla roccia su cui si trovava e volò verso l'enorme nido.

Senza pensarci due volte, oltrepassò l'ingresso.

Girò la testa a destra e a sinistra. Con la sua nuova vista da corvo vide pareti fatte di fango secco, ciuffi di pelliccia, rami di rampicanti e ramoscelli. Il suolo era coperto di muschio. Jack fece qualche passo in avanti, poi si fermò. Non c'era traccia del Re Corvo. Controllò da ogni parte, in ascolto. Il silenzio era totale.

Aguzzò la vista e scrutò ogni angolo del nido. Un angolo era strano... la parete sembrava diversa. Era nera e lucida. Il giovane corvo avanzò in quella direzione. Toccò la parete con il becco. Non era una parete... era una cortina di penne!

Jack la scostò e andò oltre. La luna illuminava una stanza piena di monete d'oro e d'argento che scintillavano nella luce fredda. Pallide perle, smeraldi grossi come noci e rubini meravigliosi mandavano lampi di luce colorata. Proprio al centro di quello straordinario tesoro c'era un cristallo candido, dai riflessi blu. Non era più grosso di una biglia. Ma brillava di una luce particolare che nasceva dal suo interno, come se fosse un frammento di stella.

Jack capì immediatamente che quello era il Diamante del Destino. Con il piccolo cuore di corvo che gli tambureggiava nel petto, si avvicinò alla gemma e la toccò con il becco. Non appena il diamante si mosse, esplose in una cascata di scintille splendenti.

– *JAH! JAH!* –. Annie lo stava chiamando da fuori. – *CREE-GRO!* –. «Stanno arrivando!»

Jack raccolse con cautela nel becco il bellissimo diamante, e subito si sentì invadere da una corrente di forza e di coraggio.

Annie emise un altro richiamo. Ma Jack non aveva paura.

Con tutta calma attraversò a ritroso il nido del Re Corvo e spiccò il volo nella notte.

Altre sentinelle si erano svegliate e stavano volando verso la cima della montagna, gracchiando i loro minacciosi richiami.

– *KRAK! KRAK! KRAK!*

Jack vide la sorella appollaiata su una sporgenza di roccia.

– Sbrigati, Jack! Fa' presto! – gracchiò lei, prima di decollare.

Tenendo il diamante nel becco, Jack allargò con eleganza le ali e prese il volo dopo di lei.

Mentre scendevano in picchiata lungo la parete della montagna, un coro di richiami gracchianti ruppe il silenzio della notte. Migliaia di corvi s'innalzarono nel cielo come un'enorme nube nera. Il suono delle loro ali che battevano l'aria era come un rombo di tuono.

L'immensa nube di corvi offuscò la luce della luna e la notte si fece più nera del nero.

– *SPREE! SPREE!* – continuava a gracchiare Annie. «Vola! Vola!»

Lei e Jack planarono nel cielo buio verso il castello del duca. I battiti d'ali dell'esercito di corvi risuonavano ancora intorno alla cima della montagna, ma nessuno li seguì.

«Non sanno cosa fare senza il loro re» pensò Jack. Si chiese dove fosse il Re Corvo. Ma con il Diamante del Destino nel becco, Jack non aveva paura di nulla.

Più Jack e Annie si allontanavano dal picco, più il rumore delle ali dei corvi si affievoliva.

Finalmente videro il castello del duca. Jack scorse la luce della lanterna di Teddy, nella stanza dei bambini. Ma non voleva smettere di volare. Perciò si lanciò in un volo a perdifiato, sopra il torrione, sopra il cortile del castello, sopra il ponte levatoio, sopra i tetti di paglia delle casette illuminate dalle candele e sopra la foresta di querce. Annie volò con lui.

Quando furono sazi di quel volo meraviglioso, i due piccoli corvi tornarono planando al castello e si posarono sul davanzale da cui erano partiti.

Il Diamante del Destino era salvo!

10

Dov'è il diamante?

JACK E ANNIE SI SPORSERO a guardare all'interno della stanza dei bambini. La lanterna di Teddy e il suo ramoscello di nocciolo erano ancora sul pavimento. Ma di Teddy nessuna traccia.

– Teddy non è ancora arrivato – gracchiò Annie. – Andiamo a mettere il diamante nel suo nascondiglio.

Jack non si mosse. Non voleva separarsi da quella meravigliosa gemma, che lo faceva sentire straordinariamente coraggioso.

– Ehi, Jack... – gracchiò sua sorella. – Rimettiamolo al suo posto. Vado a spostare l'arazzo.

Annie volò fino al lungo arazzo appeso alla parete. Svolazzando nell'aria, ne prese un'estremità con il becco e cercò di scostarlo, ma era troppo pesante per la sua piccola forza, e fu costretta a lasciarlo andare.

– Non ce la faccio a muoverlo, – gracchiò – non finché rimango corvo. Mi sa che dovremo aspettare il ritorno di Teddy. Con la sua magia ci farà tornare umani, e il problema sarà risolto.

Volò fino al davanzale e si posò accanto al fratello. Jack era contento. Quanto più a lungo avesse tenuto nel becco la preziosissima gemma, tanto meglio per lui.

– Ehi! – gracchiò Annie dopo un istante. – Forse anche noi possiamo usare la bacchetta magica di Teddy! Io sono sicuramente più brava di lui con le rime. E provare non costa niente.

Jack scosse la testa, ma Annie non se ne accorse. Balzò sul pavimento e raggiunse il ramoscello di nocciolo, vicino alla finestra. Con cautela lo raccolse, prendendolo nel becco.

Poi riprese il volo e tornò sul davanzale. Mosse la testa, fece roteare il ramoscello intorno al corpo pennuto di entrambi e gracchiò: – *HA-HA-REE-REE! JAH-JAH-AW-NEE!*

«*Bacchetta magica, ascolta me!*
Fa che io sia di nuovo me.
E che Jack ritorni in sé!»

Ci furono un rombo poderoso, un lampo di luce e una vampata di calore.

Poi Jack sentì Annie che ridacchiava compiaciuta. – Evviva! Il mio incantesimo ha funzionato. Guarda...

Jack si guardò le braccia, le gambe e i piedi.

– Oh, cavoli! – sospirò.

Poi mosse le dita delle mani e dei piedi e si toccò la faccia. Era felice di riavere il suo corpo, tutto intero!

– Teddy resterà sbalordito – osservò Annie. – Si comporta come se fosse l'unico ragazzo capace di usare la magia… –. Si guardò intorno. – Ciao! Siamo tornati! – disse ai bambini invisibili. – E indovinate? Abbiamo recuperato il diamante!

– Il diamante! Dov'è? – gridò Jack. – Dev'essermi caduto da qualche parte quando ci hai trasformati di nuovo in esseri umani!

All'improvviso sentirono un forte fruscio e un battito d'ali.

– Teddy! – gridò Annie. Lei e suo fratello si girarono di scatto verso la finestra.

Ma Teddy non c'era.

Al suo posto, appollaiato sul davanzale della stanza dei bambini, c'era una creatura orripilante. Aveva lucide penne nere al posto dei capelli, un grosso becco adunco come naso, artigli affilati e un mantello rigonfio e coperto di penne che brillava sotto i raggi della luna come una scintillante armatura nera.

– Buonasera – li salutò il Re Corvo, con la sua voce spaventosa.

11

Il Re Corvo

JACK E ANNIE erano troppo terrorizzati per riuscire a parlare.

Guardando quell'orrenda creatura Jack ricordò la storia del Re Corvo, che da ragazzo aveva sempre desiderato essere un uccello e che aveva rubato un incantesimo al Mago dell'Inverno… un incantesimo che aveva funzionato solo a metà, lasciandolo mezzo uccello e mezzo uomo.

Il Re Corvo saltò sul pavimento. Uno alla volta, i corvi che lo proteggevano entrarono dalla finestra. Ce n'erano almeno venti. In un battibaleno, Jack e Annie furono circondati dalle guardie del corpo del re... dalle loro ali nere, dai becchi taglienti e dagli occhi scintillanti.

Non appena i suoi scagnozzi furono in posizione, il Re Corvo si guardò intorno. – Dove sono i due corvi che mi hanno rubato il diamante? – chiese con voce gracchiante.

– Di quale diamante parli? – chiese Annie, fingendo di non sapere nulla.

– Quali... quali corvi? – domandò invece Jack, con voce tremante. Quanto avrebbe voluto che il Diamante del Destino gli trasmettesse ancora il suo coraggio!

– I corvi che si sono precipitati verso questo castello dopo aver depredato la mia stanza del tesoro – precisò il Re Corvo. – Dove si sono nascosti?

Jack si sforzò di immaginare di avere ancora con sé il diamante. – Noi non ne sappiamo niente – dichiarò con voce bassa e ferma. Fingere di avere ancora il diamante lo faceva sentire coraggioso.

– Voi non ne sapete niente? – ripeté ironico il Re Corvo.

– Nossignore – confermò Jack. – Forse lei si trova nel castello sbagliato.

– Ah sì? Il castello sbagliato...

– Già, proprio così – insistette Jack.

– Forse è vero – disse la mostruosa creatura. – Ma siete proprio sicuri di non averli visti? Somigliano molto a questo.

Il Re Corvo si gettò il mantello su una spalla e mostrò una piccola gabbia.

C'era un corvo chiuso là dentro!

– *JAH, AW-NEE!* – gracchiò.

– Teddy! – esclamò Annie.

– Ah, si chiama Teddy? – chiese il Re Corvo. – Che carino. Ho catturato un piccolo Teddy. Sarà un graziosissimo compagno di giochi... non credete?

Jack era inorridito. – Non è divertente – disse. – Lei è molto crudele. Le conviene lasciare libero il corvo, altrimenti…

– Già, lo liberi subito, altrimenti…

– Altrimenti, *cosa*? – gracchiò il Re Corvo. – *Cosa?* –. E gettò indietro la testa, scoppiando in una risata rauca.

Mentre il re rideva, Jack scrutò il pavimento, localizzò il ramoscello di nocciolo e cercò di raggiungerlo.

Il Re Corvo se ne accorse e la sua risata cessò bruscamente. – *CREE! CAW!* – ordinò a una delle guardie del corpo.

Jack si lanciò verso la bacchetta magica, ma prima che potesse afferrarla il soldato si era avventato sul ramoscello e l'aveva preso nel becco. Mentre il corvo tornava ad appollaiarsi sul davanzale, il ragazzino notò che una delle penne della coda era piegata.

– Jack, guarda! È Rok! – esclamò Annie. Poi chiamò il corvo: – Rok! Rok! –. Dal davanzale, il corvo la guardò. – Rok, sono io… sono Annie, ti ricordi? – gli disse. – Ti ho aiutato quando la gente del villaggio ti prendeva a sassate.

– Che sciocchezza! – gracchiò il Re Corvo. – Portami quel ramoscello, corvo.

Rok non si mosse e guardò di nuovo Annie.

– Ti prego, Rok, dallo a Jack – gli disse lei. – Così potrà trasformare Teddy e farlo tornare un ragazzo.

– Quindi si tratta di una bacchetta magica! – esclamò il Re Corvo. – Portala a me, uccello! Immediatamente!

– Non farlo, Rok – insistette Annie. – Non

permettergli più di darti ordini a suo piacimento.

Con i suoi occhi scuri e profondi, Rok per un istante guardò Annie, poi il Re Corvo. Quindi tornò a guardare la ragazzina. Infine prese il volo, si avvicinò a Jack e lasciò cadere il ramoscello di nocciolo ai suoi piedi.

Jack si affrettò a raccoglierlo.

– Traditore! – gracchiò stridulo il Re Corvo a Rok. – Pagherai per ciò che hai fatto! –. E si scagliò contro il povero corvo. Rok tentò di fuggire, ma il re era troppo forte.

Jack doveva salvare Rok! Puntò la bacchetta magica contro la schiena del Re Corvo e gridò:

– *Bacchetta magica, ascolta me.*
Ciò che egli voleva essere ora è!

Un rombo assordante esplose nella stanza. Una luce accecante la illuminò.

E tutto fu chiaro...

Il Re Corvo era scomparso.

Il suo mantello di penne nere giaceva abbandonato sul pavimento.

Rok saltellò via, sano e salvo.

Poi da sotto il mantello uscì un grido stridulo. – *AWK!*

Annie corse a sollevare il pesante mantello e fra le pieghe scoprì un piccolo corvo. – Oh!

L'uccellino allungò il collo esile.

– *AWK* – gracchiò di nuovo.

– Ciao, piccolino – lo salutò Annie, sorridendo. La sua mano accarezzò le piume arruffate della testolina. Poi alzò gli occhi verso il fratello. – Ma come ti è venuto in mente quell'incantesimo?

– Non lo so... mi è venuto e basta – rispose lui. – Dovevo salvare Rok... ma non volevo fare del male al Re Corvo. Anzi, forse in fondo mi spiaceva per lui.

– E così l'hai aiutato a ottenere ciò che aveva sempre desiderato – concluse Annie. – Sei riuscito a trasformarlo in un corvo appena nato.

– Già – confermò Jack. – Così adesso ha davanti a sé una vita intera da uccello!

Rok svolazzò fino al davanzale della finestra e si girò a guardare i suoi compagni corvi… era evidente che il nuovo capo era lui. – *GRO! GRO!* – gracchiò, deciso.

L'esercito di corvi cominciò a lasciare la stanza dei bambini e uno dopo l'altro tutti quanti gli uccelli presero il volo.

Due di essi si preoccuparono di scortare il nuovo membro dello stormo, che agitava timidamente le piccole ali.

Rok se ne andò per ultimo. Rivolse a Annie e Jack un lungo sguardo poi decollò e volò via, nella luce argentea dell'alba.

12

Un nuovo giorno

– *QUEEK* –. Un piccolo strillo uscì dalla gabbia sul pavimento.

– Teddy! – esclamò Annie.

– Ci eravamo quasi dimenticati di te! – ammise Jack.

– *QUEEK* – gracchiò di nuovo Teddy.

– Per favore, passami la bacchetta magica, così lo faccio tornare ragazzo – disse Annie al fratello.

– Va bene, ma aspetta che mi sia levato di torno – rispose lui, tendendole il ramoscello di nocciolo. Poi si rifugiò in fretta vicino alla finestra.

Annie si avvicinò alla gabbia di Teddy. Chiuse gli occhi e pensò per qualche istante. Poi agitò la bacchetta intorno alla gabbia e disse:

– *Bacchetta magica, ascolta me!*

Che sia Teddy, che torni in sé!

Si udì un rombo, si vide una luce, ci fu una vampata di calore... la gabbia scomparve e Teddy fu di nuovo Teddy... un ragazzino seduto sul pavimento!

– Evviva! – esultò Annie.

– Ottimo lavoro – si complimentò l'apprendista stregone. – Grazie mille.

– Bentornato! – lo salutò Jack tendendogli una mano per aiutarlo ad alzarsi.

Teddy stirò le braccia e le gambe.

– Aaah! È bello essere di nuovo umano! – esclamò. – E adesso dobbiamo aiutare la famiglia del duca. Dov'è il diamante?

– Purtroppo l'abbiamo perso! – lo informò Annie.

– Già, ce l'avevo nel becco – spiegò Jack. – Ma dev'essermi caduto quando Annie ci ha trasformati di nuovo in esseri umani.

– Non preoccupatevi – disse il ragazzo. – Deve per forza essere qui, da qualche parte.

Tutti e tre si inginocchiarono e cominciarono a cercare il diamante sul pavimento della stanza dei bambini. Non c'era traccia della gemma. Poi, d'un tratto, Teddy trattenne il fiato.

– Oh, caspita – bisbigliò con un filo di voce. – Guardate... –. Il ragazzo fissava un angolo della stanza.

Il Diamante del Destino si stava sollevando dalla cesta piena di lana accanto all'arcolaio.

– La fanciulla fantasma deve averlo nascosto quando è arrivato il Re Corvo! – bisbigliò Annie.

Il diamante si mosse lentamente verso Jack e si fermò davanti a lui.

Il ragazzo tese la mano e il diamante si posò sul suo palmo.

– Grazie – disse alla fanciulla fantasma. – Ora lo rimetteremo al sicuro al suo posto.

Tenendo la meravigliosa gemma con grande cautela, Jack attraversò la stanza. Annie scostò il pesante arazzo e suo fratello aprì la porticina d'oro del nascondiglio segreto.

Guardò un'ultima volta la pietra trasparente e scintillante. – Mi sono sentito molto coraggioso quando avevo questo diamante con me – disse piano.

– Jack, – gli disse Annie – sei stato molto coraggioso anche quando non l'avevi.

– Proprio così – confermò Teddy.

Jack sorrise, poi, con delicatezza, posò il Diamante del Destino nel suo nascondiglio e chiuse la porticina. Infine, Annie coprì tutto con l'arazzo.

L'aria nella stanza dei bambini si intiepidì. Una fanciulla prese lentamente forma vicino a Teddy. Indossava una camicia da

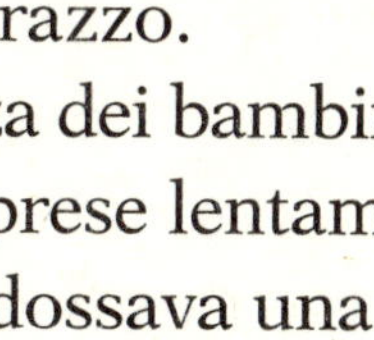

notte bianca, aveva i capelli biondi e lunghi e dimostrava più o meno l'età di Teddy.

Intorno al tavolino degli scacchi presero forma due ragazzini. Si somigliavano moltissimo. Erano gemelli, e avevano più o meno l'età di Annie.

All'inizio erano un po' pallidi e nebulosi, ma poco a poco divennero sempre più visibili, finché non furono di nuovo solidi e le loro guance tornarono rosee.

Contemporaneamente, un grosso cane si materializzò vicino alla porta. Abbaiò e corse dalla ragazzina.

– Oliver! – lo salutò lei, felice. Poi rivolse a Jack, Annie e Teddy un sorriso riconoscente. – Ciao – disse.

– Ciao! – rispose Annie. – Voi tre siete gli unici abitanti del castello?

– Oh, no, ci sono anche gli altri, – spiegò la fanciulla – ma dormivano tutti quando il Re Corvo ha rubato il diamante. Anche noi avremmo dovuto dormire... però a volte ci divertiamo a scendere dai nostri letti per giocare ancora un po'. Stavamo giocando a nascondino quando ho trovato la porticina segreta dietro quell'arazzo. Volevo vedere meglio il diamante, perciò l'ho posato sul davanzale perché i raggi della luna lo illuminassero. Poi Tom e Henry hanno cominciato a giocare a scacchi... –. E indicò i due bambini.

– Gwendolyn ha cominciato a filare – proseguì Tom. – E Oliver è sceso nel salone in cerca di avanzi.

– A quel punto il Re Corvo è piombato sul diamante e l'ha rubato – aggiunse Gwendolyn. – E prima di riuscire ad avvertire i nostri genitori, abbiamo cominciato a svanire.

– Mamma! Papà! – esclamò Tom, come se solo in quel momento si fosse ricordato dei genitori. – Dobbiamo svegliarli, Gwendolyn!

– Lo so – rispose sua sorella. – Saliamo subito da loro. Ma dal momento che stavano dormendo, sospetto che non si siano neppure accorti di essere invisibili!

Gwendolyn prese per mano i due gemelli e insieme uscirono dalla stanza.

Sulla soglia, la ragazzina si girò verso Jack, Annie e Teddy: – Vi ringrazio per il vostro aiuto, – disse – chiunque voi siate.

I figli del duca si avviarono verso il piano superiore.

Oliver prese in bocca il suo osso e si affrettò a seguirli.

Jack tese il ramoscello di nocciolo a Teddy.

– Senti, – gli disse – non credo che dovresti giocarci ancora... anche se sei un apprendista stregone. Sarebbe meglio che la restituissi subito a tuo cugino.

– Già, direi che questo è un ottimo piano – convenne Teddy. Poi sorrise con aria birichina e s'infilò in tasca la bacchetta magica. – Andiamo? – disse facendo un cenno verso la porta.

Jack e Annie annuirono.

Teddy raccolse la lanterna e spense la candela con un soffio. Poi condusse gli amici nel corridoio.

Mentre cominciavano a scendere le scale, alcuni domestici passarono loro accanto.

– Suona le campane! – disse uno.

– Porta l'acqua per il duca e la duchessa! – disse un altro.

– Oggi siamo tutti in ritardo! – aggiunse un terzo.

Jack, Annie e Teddy corsero giù per la scala a chiocciola, attraversarono il salone e l'armeria e raggiunsero l'ingresso della torre fortificata.

Mentre uscivano nel grande cortile, i raggi del sole illuminarono le torri del castello. Le campane cominciarono a suonare. I galletti cantarono e i cavalli nitrirono. I cuochi stavano già accendendo un grande fuoco per cucinare. Il maniscalco batteva il martello sull'incudine e una mungitrice trasportava i secchi pieni di latte.

Nella limpida luce del primo mattino, Jack, Annie e Teddy attraversarono il cortile pieno di gente.

Superarono il portone e il ponte di legno. Quando furono all'estremità opposta, si girarono a guardare il castello.

Ora gli arcieri erano ai loro posti, in cima alle mura.

Teddy li salutò agitando la mano.

Poi si voltò a guardare Jack e Annie.

– Finalmente l'ordine è tornato al castello! – esclamò. – Missione compiuta!

Ridendo, i tre ragazzini superarono di corsa il boschetto e raggiunsero il villaggio. Mentre percorrevano il sentiero che passava tra le casette, videro gli abitanti affacciarsi alle porte.

Tutti guardavano verso il castello perché avevano sentito le campane suonare.

Maggie rivolse ai tre amici un sorriso sdentato. – Le campane suonano di nuovo – disse con voce stridula.

– Già! – confermò Jack. – I bambini e la fanciulla e anche il cane sono tornati! Non c'è più nulla di cui aver paura. Il castello è salvo!

Jack, Annie e Teddy uscirono di buon passo dal villaggio e si incamminarono nel bosco.

Le foglie secche scricchiolavano allegramente sotto i loro piedi e i raggi del sole filtravano tra i rami.

Le parole di Merlino risuonarono per l'ennesima volta nella mente di Jack: «State per entrare in un tunnel di paura. Procedete con coraggio, e riuscirete a raggiungere di nuovo la luce».

Il ragazzo si guardò intorno. La foresta era inondata di una morbida luce dorata... la più bella che avesse mai visto.

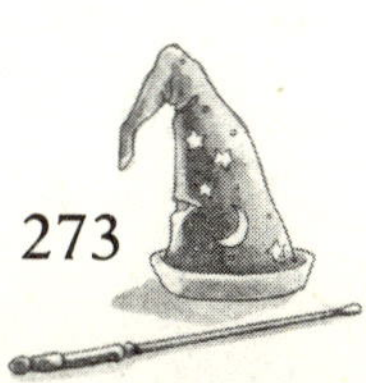

13
La magia di Jack e Annie

I TRE AMICI CAMMINARONO fino a raggiungere la quercia di Merlino. Trovarono la porta nascosta vicino alla scaletta di corda. Teddy spinse la corteccia.

La porta si aprì e, uno alla volta, i tre ragazzini scivolarono nella cavità illuminata dalle candele.

Merlino era seduto nella sua alta sedia di legno scolpito.

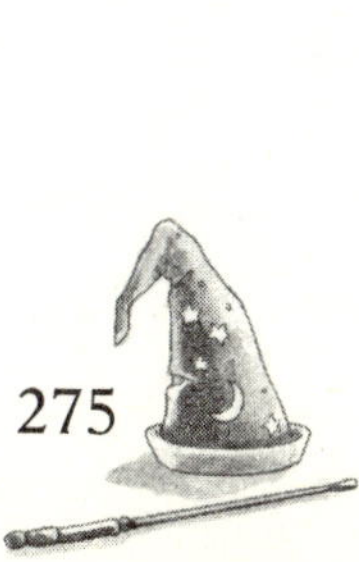

– Avete dunque riportato l'ordine al castello? – chiese tranquillamente.

– Sissignore – rispose Teddy. – Abbiamo dovuto usare un pizzico di magia, ma alla fine è andato tutto per il verso giusto.

– Allora le tue rime devono essere migliorate... – osservò Merlino.

Teddy gli rivolse un sorriso impacciato.

– Beh, per la verità, la vera magia non è stata nelle rime dei miei incantesimi... la magia è stata nel coraggio e nella gentilezza di Jack e Annie, che hanno salvato la missione... e anche me.

– Davvero? – chiese Merlino.

– Già – confermò il ragazzo. – Jack e Annie possiedono una magia potente quanto quella delle rime e degli incantesimi di qualunque mago e di qualsiasi bacchetta magica.

Merlino inarcò un sopracciglio.

– Bacchetta magica? – ripeté in tono interrogativo.

– Era solo un esempio – si affrettò a precisare Teddy.

Merlino si rivolse a Jack e Annie. – Vi ringrazio per l'aiuto che ci avete dato – disse solennemente. – L'intero regno di Camelot vi è profondamente grato.

– Non c'è di che – risposero loro.

Merlino si alzò. – Vieni, ragazzo – disse a Teddy. – Sarà meglio che torni da Morgana, ora. Ho concluso le mie ricerche, quindi è tempo di restituire questi libri rari alla biblioteca di Camelot.

Il mago si chinò e prese una pila di antichi volumi dal pavimento. Li mise fra le braccia di Teddy.

Lui si girò goffamente, poi, insieme a Jack e Annie, seguì Merlino fuori dal cuore della quercia.

Il sole era ormai alto nel cielo e il bosco era immerso nel silenzio.

Teddy lanciò uno sguardo ai suoi due amici, al di sopra della pila di libri. – Credo che a questo punto dovremmo salutarci – disse.

– Quando ci rivedremo? – volle sapere Annie.

– Quando il dovere mi chiamerà, immagino – rispose l'apprendista stregone guardando Merlino, che gli sorrise.

– Saprete ritrovare la strada per tornare a casa? – chiese Teddy.

– Certo – rispose Jack. – La magica casa sull'albero ci accompagnerà.

Lui e Annie alzarono lo sguardo verso la casetta magica, in cima alla quercia. Un improvviso soffio di vento agitò le foglie.

Jack e Annie si girarono verso Merlino e Teddy. Ma entrambi erano scomparsi. Nel punto dove erano stati fino a un istante prima, alcune foglie di un bel giallo brillante turbinavano allegramente.

– Uau… – mormorò Annie.

– Oh, cavoli… – bisbigliò Jack, aggiustandosi gli occhiali sul naso.

– Beh… – riprese Annie con un sospiro. – Andiamo?

– Dritti a casa! – disse suo fratello, sollevato.

Annie cominciò a salire la scala di corda e Jack la seguì. Quando entrarono nella casetta magica, l'invito di Merlino svolazzava nell'aria. Prima che la foglia volasse fuori dalla finestra, Annie riuscì ad afferrarla. Poi puntò il dito sulle parole "Frog Creek".

– Vorrei tanto tornare a Frog Creek, in questo stesso istante! – disse.

E il vento cominciò a soffiare.

La magica casa sull'albero cominciò a girare vorticosamente su se stessa.

Il vento soffiava sempre più forte.

Jack chiuse gli occhi.

La casetta girava sempre più veloce, sempre più forte.

Poi all'improvviso tutto si fermò, immobile.

Perfettamente immobile.

Jack aprì gli occhi.

Lui e Annie rimasero seduti sul pavimento della casetta magica per qualche istante. Poi il ragazzino diede un'occhiata fuori dalla finestra. In alto, un uccello si librava nel cielo.

Jack quasi non riusciva a credere che solo qualche tempo prima anche lui era stato un uccello e aveva planato leggero nell'aria.

– Sei pronto a tornare a casa? – gli chiese Annie.

Jack annuì. Non c'era modo di spiegare ciò che avevano appena vissuto. Non c'era modo di parlarne.

Annie posò con delicatezza la foglia di Merlino in un angolo della casetta, accanto all'Invito Reale che avevano ricevuto il Natale prima. Dopodiché, lei e il fratello scesero insieme giù per la scaletta e si incamminarono nel bosco di Frog Creek.

Stava calando il buio, e quella era la sera di Halloween, ma non c'era niente di spaventoso.

Jack conosceva tutti gli alberi, uno per uno. E conosceva come le sue tasche il sentiero che conduceva alla strada che li avrebbe riportati a casa.

D'un tratto, tre creature saltarono fuori da un cespuglio: una strega, uno scheletro e un enorme bulbo oculare.

I tre mostri sibilavano, si agitavano minacciosi e ridacchiavano.

Jack e Annie scoppiarono in una gran risata.

– Oh, cavoli! – esclamò Jack.

– Che bei costumi, ragazzi! – disse sua sorella.

Insieme attraversarono il cortile e salirono i gradini del portico.

– Allora, sei pronto per giocare a "dolcetto o scherzetto"? – chiese Annie al fratello.

Jack si aggiustò gli occhiali sul naso. – Sai, mi sa che quest'anno me ne starò a casa, – le disse – ad aiutare mamma e papà a distribuire dolcetti.

– Stavo pensando la stessa cosa... – intervenne sua sorella. – Ma penso che metterò comunque il mio costume da principessa-vampiro...

Jack sorrise. – Forte!

Poi lui e Annie entrarono nella loro bella casa, calda e accogliente, e chiusero fuori dalla porta il buio della notte di Halloween.

Libro Terzo

Mago Merlino e la Spada della Luce

1
Solstizio d'estate

Jack leggeva il giornale seduto sotto il portico. Era una giornata molto calda, ma il portico restava sempre fresco e ombreggiato. Annie si affacciò alla porta a vetri.

– Ehi, la mamma ha detto che più tardi ci porta al lago – disse.

– Lo sapevi che oggi è il solstizio d'estate? – domandò Jack senza alzare gli oc-

chi dalla pagina con le previsioni del tempo.

– Cos'è il solstizio d'estate? – chiese la sorella.

– È il primo giorno d'estate – spiegò il ragazzo. – Oggi ci sono più ore di luce che in qualsiasi altro giorno dell'anno.

– Forte! – esclamò Annie.

– Da domani, però, le giornate cominceranno ad accorciarsi – aggiunse Jack.

All'improvviso si udì un verso stridulo.

– Guarda, Jack! – disse Annie. – Lassù!

Un grosso gabbiano volteggiava nella luce accecante di mezzogiorno.

– Che ci farà da queste parti? – disse Jack. – Siamo a più di due ore di macchina dall'oceano.

Il gabbiano planò verso di loro.

– Forse è un messaggero di Morgana oppure viene da parte di Merlino – suggerì Annie. – Magari è venuto a dirci che la magica casa sull'albero è tornata!

Jack posò il giornale, mentre il suo cuore batteva più forte.

– Credi davvero? – domandò.

Jack e Annie non avevano più visto la magica casa sull'albero dalla notte di Halloween, quando Merlino li aveva mandati in missione in un castello stregato. Jack cominciava a temere che il periodo delle avventure fosse finito per sempre.

– Guarda, sta volando verso il bosco – esclamò Annie.

Jack balzò in piedi. – Coraggio – disse. – Seguiamolo!

– Mamma, torniamo presto! – gridò Annie.

I due ragazzini attraversarono il cortile. Poi si avviarono lungo la strada, verso i boschi di Frog Creek. I raggi del sole filtravano tra le chiome degli alberi.

Jack e Annie respirarono l'aria fresca e profumata, mentre correvano nel bosco diretti alla quercia più alta. E lì, appollaiata sui rami, la casetta magica li stava aspettando.

– Uau – esclamarono i due fratelli.

La casetta non era cambiata.

La scaletta di corda sembrava invitarli a salire.

Annie afferrò la corda e cominciò subito ad arrampicarsi, seguita da Jack. Una volta entrati nella casetta, però, scoprirono che nessuno era lì ad aspettarli.

– Guarda, il nostro Invito Reale è ancora qui – disse Annie indicando il biglietto che li aveva portati a trascorrere il Natale a Camelot.

– C'è anche la foglia di Halloween – disse Jack sollevando da terra la foglia gialla che il mago aveva mandato alla vigilia di Ognissanti.

– Questa però non l'ho mai vista – mormorò la sorella. Sul pavimento della casetta, infatti, giaceva una conchiglia azzurra. Somigliava a un piccolo ventaglio con una scritta all'interno.

– Sembra la calligrafia di Merlino! – esclamò Annie. – Forse vuole affidarci un'altra missione!

La ragazzina lesse ad alta voce.

Annie guardò il fratello. – Quali parole?

– Fammi vedere – disse Jack.

Prese la conchiglia e la voltò. Sull'altro lato qualcuno aveva scritto delle frasi in rima.

Il ragazzino cominciò a leggerle a voce alta, alzando gli occhi di tanto in tanto per guardare la sorella:

– *Prima che la notte scenda*
su questa lunga giornata
la Spada della Luce dovrà essere trovata.
Dovrete liberarla dall'oscurità
o per il re di Camelot la fine sarà.
Molti ostacoli dovrete superare
ma il Cavaliere delle Acque
vi saprà aiutare.
La caverna della Regina
dei Ragni attraverserete...

– Regina dei Ragni? – lo interruppe Annie rabbrividendo. I ragni erano l'unica cosa di cui avesse paura.

– Non pensarci adesso – tagliò corto Jack. – Vediamo cosa dice dopo.

– *La caverna della Regina*
dei Ragni attraverserete
e con una focina verde nuoterete.
La Baia della Costa Tempestosa
dovrete varcare...
e sotto il mantello del vecchio
fantasma grigio nuotare...

Jack si bloccò e sgranò gli occhi. – Vecchio fantasma grigio? – balbettò.

– Non pensarci adesso – lo incoraggiò Annie. – Vai avanti.

Il ragazzo riprese a leggere:

– *Rispondete a una domanda*
col cuore e non con paura.
La rima e la Spada fanno
la via di casa chiara e sicura.

I due ragazzi rimasero un attimo in silenzio.

– Abbiamo un sacco di cose da fare prima che venga buio – disse alla fine Jack.

– Già, – disse Annie – e io sono un po' preoccupata per via del ragno.

– E io del fantasma – ammise Jack.

– Ehi! – esclamò la sorella. – Scommetto che se siamo in missione per conto di Merlino, Teddy verrà con noi. Se penso che ci sarà lui ad aiutarci, non ho più così paura.

– Sì... speriamo che Teddy ci dia una mano anche questa volta – aggiunse Jack, al quale bastava nominare il giovane assistente della fata Morgana per sentirsi più coraggioso.

Teddy li aveva accompagnati in tante avventure, tirandoli fuori dai guai un sacco di volte. Li aveva salvati dal naufragio del Titanic, da una mandria di bufali infuriati, da una tigre affamata e da una foresta in fiamme. Alla vigilia di Ognissanti, trasformato in corvo, aveva volato al loro fianco.

– Allora, andiamo? – chiese Annie.

"Andiamo" era la parola preferita di Teddy.

– Andiamo! – esclamò Jack. Sollevò il dito per indicare il messaggio scritto sulla conchiglia.

– Vorrei tanto andare a un tempo più antico del regno di Camelot!

Il vento cominciò a soffiare.

Le foglie degli alberi frusciarono e la magica casa sull'albero cominciò a girare vorticosamente su se stessa.

Il vento ululava e la casetta girava sempre più veloce, sempre più forte.

Poi, all'improvviso, tutto si fermò, immobile.

Perfettamente immobile.

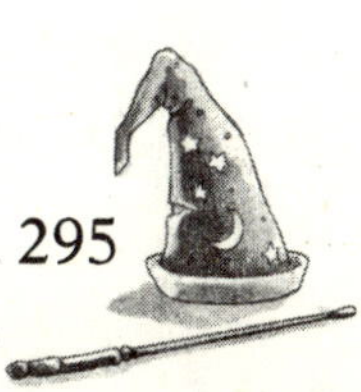

2

Il Cavaliere delle Acque

PER PRIMA COSA, Jack e Annie sentirono sulla punta del naso una brezza che sapeva di mare. In cielo i gabbiani stridevano rumorosamente.

I due fratellini si affacciarono alla finestra. La casetta magica si trovava in cima a una scogliera, appollaiata su un albero nodoso. La scogliera si trovava alle pendici di alte montagne innevate, affacciate

su una costa rocciosa. Fin dove spaziava lo sguardo, non c'era traccia di vita umana.

– Sembra deserto – osservò Annie.

– *Assolutamente* deserto – convenne Jack. – Dove saranno Merlino e Teddy?

– Non lo so – rispose Annie. – L'ultima volta erano dentro al tronco della quercia. Non potrebbero essere dentro quest'albero?

Senza aspettare risposta, Annie scese lungo la scaletta di corda. Jack si mise in tasca la conchiglia e la seguì.

– Merlino? – chiamò Annie. – Teddy?

I due fratelli girarono intorno all'albero ma, per quanto cercassero, non trovarono l'entrata.

Jack provò a battere sulla corteccia, a chiamare a voce sempre più alta, ma senza risultato.

– Qui dentro non abita nessuno – disse Annie.

– Mi sa che hai ragione – ammise Jack.

– Forse sono in riva al mare.

Annie si avviò insieme a Jack verso l'estremità della scogliera e si mise a scrutare la costa frastagliata.

C'erano tre baie separate da ripide pareti rocciose, punteggiate di anfratti e grotte.

La prima baia, illuminata dai raggi del sole, era separata dalla seconda da un'alta scogliera. Attraverso una fenditura nelle rocce s'intravedeva una spiaggia di ciottoli.

La seconda baia era uguale alla prima, solo più piccola. La terza invece era differente. In lontananza s'innalzavano colline di un bel verde brillante. Una leggera nebbia aleggiava sul pelo dell'acqua opaca.

– Qui non c'è traccia di Merlino, né di Teddy – disse Jack. – Immagino che dovremo cominciare senza di loro.

– Rileggi i primi versi della poesia – propose Annie.

Jack levò la conchiglia dalla tasca e recitò:

– Prima che la notte scenda
su questa lunga giornata
la Spada della Luce dovrà essere trovata.
Dovrete liberarla dall'oscurità
o per il re di Camelot la fine sarà.

Jack guardò il cielo. Il sole era quasi allo zenit.

– Dev'essere circa mezzogiorno – osservò.

– Non abbiamo molto tempo – disse Annie. – Da dove cominciamo?

Jack fissò di nuovo la conchiglia e continuò a leggere:

– *Molti ostacoli dovrete superare*
ma il Cavaliere delle Acque
vi saprà aiutare.

– Beh, questo è facile – disse Annie.

– Credi? – domandò Jack.

– Ma certo. Un Cavaliere delle Acque probabilmente starà vicino al mare – rispose Annie prima di iniziare a scendere per il ripido pendio che la separava dalla prima baia.

Jack si rimise in tasca la conchiglia. – Ma chi sarà questo Cavaliere? – gridò, seguendola.

– Non importa – strillò lei di rimando. – Dobbiamo solo scendere fino al mare e chiedergli aiuto.

I due ragazzini superarono un gruppo di scogli scoscesi e viscidi. Per fortuna

Jack e Annie indossavano scarpe da ginnastica con la suola di gomma, e riuscivano a muoversi senza scivolare. In compenso, avevano la pelle e i vestiti umidi per via della brezza.

Quando finalmente raggiunsero la riva del mare, Jack si pulì gli occhiali appannati e si guardò intorno. La spiaggia era grande e ricoperta di sassi argentati, conchiglie e alghe. Gabbiani e altri uccelli marini si aggiravano tra i ciottoli in cerca di cibo.

– Dev'esserci bassa marea – osservò Jack, poi guardò le scogliere che circondavano la baia. – Nessun cavaliere può arrivare fin qui. Un cavallo non riuscirebbe mai a scendere da quelle rocce.

– Proviamo a fare quello che dice la poesia – propose Annie – e vediamo cosa succede.

Spalancò le braccia, chiuse gli occhi, alzò il viso verso il cielo e gridò: – Cavaliere delle Acque, chiunque tu sia, vieni ad aiutare Jack e Annie!

All'improvviso i gabbiani iniziarono a stridere.

– Oh, cavoli... – mormorò Jack.

– Jack, guarda! – esclamò Annie indicando un punto al centro della baia.

Un gruppo di uccelli marini volteggiava sopra a un vortice di spruzzi e schiuma che sfrecciava sotto il pelo dell'acqua, dritto verso di loro!

– Uau! – esclamò Annie, iniziando a correre verso la riva.

– Torna indietro! – strillò Jack.

– Andiamo a vedere!

A Jack non restò altra scelta che seguirla. Era a pochi passi dalla battigia quando, tra gli spruzzi e la schiuma, vide un elmo sbucare dall'acqua. Poi un cavaliere vestito di un'armatura d'argento, a cavallo di una strana creatura, balzò fuori dalle onde. La creatura aveva la testa, il collo e le zampe anteriori di un cavallo, ma al posto delle zampe posteriori aveva una lunga coda di pesce. Attraversò la baia in parte nuotando e in parte galoppando. Nel cielo, i gabbiani stridevano sempre più forte accompagnando la strana coppia verso la riva. Arrivato vicino alla spiaggia, il cavaliere guardò Jack e Annie. Con la mano guantata fece segno di raggiungerlo.

– Okay, arriviamo! – gridò Annie sfilandosi le scarpe da ginnastica.

– Aspetta... parliamone un attimo! – strillò Jack.

– Non c'è tempo! – replicò la ragazzina. – Vuole aiutarci. È come il cervo che abbiamo incontrato a Camelot.

– No, non è vero – replicò il fratello. – È molto più strano!

Annie, però, si era levata le scarpe, le aveva buttate sugli scogli e si era già tuffata in mare. Il cavaliere tese la mano e la aiutò a montare in groppa alla strana cavalcatura.

– Forza, Jack! – strillò Annie. – Non abbiamo tempo da perdere!

«Annie ha ragione» pensò Jack. Dovevano trovare la Spada della Luce prima di sera, quella era la missione. Si sfilò le scarpe da ginnastica e le lanciò vicino a quelle della sorella. Poi entrò nell'acqua fredda e cominciò a nuotare.

Annie lo aiutò a salire dietro di lei. Jack si sistemò sulla coda ricoperta di squame e si aggrappò alla sorella, che a sua volta si reggeva al mantello del cavaliere. La coda argentata sbatté sull'acqua e Jack chiuse gli occhi.

– Sono pronto – sussurrò.

La creatura fece dietrofront e, muovendo la coda, sfrecciò attraverso la baia. Sopra le loro teste, i gabbiani volteggiavano. Jack si aggrappò con tutte le sue forze alla sorella per non cadere.

Il Cavaliere delle Acque conduceva il suo destriero, che galoppava sopra le onde.

– È bellissimo! – strillò Annie.

Jack aprì gli occhi. Vento e spruzzi gli sferzavano il viso. A poco a poco, però, la paura si trasformò in eccitazione.

– Scommetto che ci sta portando alla Spada della Luce! – disse Annie. – Concluderemo questa missione in un lampo!

«Sarebbe troppo facile» pensò Jack, ma più correvano sulle onde, più si sentiva fiducioso. «Forse Annie ha ragione. Forse sarà facile» si disse. «Non è detto che tutte le nostre missioni debbano essere difficili. Ma, allora, a cosa si riferisce il resto della poesia?»

Prima che Jack riuscisse a trovare una risposta, la creatura si fermò di colpo. Lui e Annie scivolarono giù dalla coda cascando nell'acqua fredda. Per un istante finirono sott'acqua. Quando tornarono a galla, boccheggiando, il Cavaliere delle Acque e il suo destriero li stavano guardando. Il cavaliere sollevò un braccio per indicare una scogliera poco distante. Poi agitò la mano e li salutò.

– Arrivederci! Grazie! – disse Annie.

Con un colpo di coda, il destriero ripartì sollevando una pioggia di spruzzi e schiuma. Seguita dai gabbiani, la misteriosa coppia raggiunse la fenditura tra gli scogli e uscì in mare aperto. Un attimo dopo erano spariti all'orizzonte.

3
La caverna della Regina dei Ragni

CULLATI DALLE ONDE, Jack e Annie nuotarono fino alla scogliera e si arrampicarono sulle rocce. Bagnati fradici, si sedettero a riposare sotto il sole tiepido.

– Stupendo! – esclamò Annie.

– Fantastico! Ma perché... – Jack si fermò per riprendere fiato – perché ci ha portato qui? Che facciamo adesso?

– Leggi le frasi sulla conchiglia – suggerì Annie. – Cosa dice dopo il pezzo sul Cavaliere delle Acque?

Jack infilò la mano in tasca, recuperò la conchiglia e lesse:

– *...ma il Cavaliere delle Acque*
vi saprà aiutare.
La caverna della Regina dei Ragni
attraverserete...

– Ah, sì – sospirò Annie. – La Regina dei Ragni.

– Dai, non preoccuparti, – cercò di consolarla Jack – forse la Regina dei Ragni è una persona come noi. Forse è solo il suo soprannome.

– E se invece fosse metà donna e metà ragno? – chiese lei. – Come il Re Corvo, che era mezzo uomo e mezzo uccello?

Jack rabbrividì ripensando al mostro che avevano affrontato durante l'ultima avventura, ma sorrise dicendo: – Non ci pensare adesso. Il tempo passa in fretta e noi dobbiamo trovare la caverna.

Annie annuì, facendosi coraggio. – Va bene, – disse – hai ragione.

Così i due ragazzini si alzarono per incamminarsi a piedi nudi sulle rocce. Avevano appena superato uno scoglio molto ripido, quando videro qualcosa che li lasciò a bocca aperta.

Proprio davanti a loro si trovava l'ingresso di una caverna. Sull'imboccatura pendevano grossi fili appiccicosi, uniti fra loro come una tela di ragno.

– Se *quella* è davvero *quello* che sembra, siamo in un grosso guaio – bisbigliò Annie.

– Mmm... le dimensioni della ragnatela non corrispondono per forza a quelle del ragno – disse Jack, sforzandosi di sembrare calmo. – E poi, una volta ho letto che non esistono ragni più grandi di un piatto.

– Già, e nemmeno cavalli con la coda di pesce – replicò Annie.

«Il ragionamento non fa una piega» pensò Jack, che però disse: – Pensiamo solo a cercare la Spada della Luce prima di sera.

Raccolse da terra una pietra e la lanciò contro l'imboccatura della grotta. Il sasso sfondò la ragnatela e rotolò all'interno tirandosi dietro i fili collosi.

Jack si voltò di scatto a guardare la sorella. – Pronta?

Annie non si mosse.

Jack la prese per mano. – Non preoccuparti, non lascerò che nessun ragno ti faccia del male – la rassicurò. Poi con un cenno indicò la caverna. – Andiamo?

– Andiamo – ripeté Annie con un filo di voce.

Tenendosi per mano, i due ragazzini varcarono l'ingresso.

Videro delle pareti lucide e nere.

Sotto ai piedi, il terreno era umido e scivoloso.

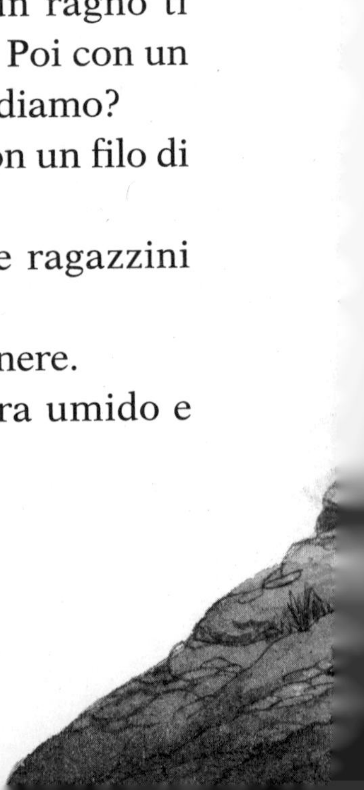

– Accipicchia! – gridò improvvisamente Annie, facendo un salto indietro. Un granchio rosa era passato a un millimetro dal suo alluce.

– Niente paura, – le disse Jack – non è un ragno.

– Già – ansimò Annie. – Scusa.

A mano a mano che avanzavano, la caverna diventava sempre più buia. Aguzzando la vista, Jack vide una flebile luce uscire da un passaggio ad arco. – Da quella parte – esclamò.

I due ragazzini oltrepassarono il varco ritrovandosi in un'altra grotta, alta e rotonda. Nel soffitto, delle fessure lasciavano filtrare deboli raggi di sole.

Jack e Annie fecero scorrere lo sguardo sugli speroni rocciosi ricoperti di alghe e sul pavimento verde e spugnoso. Gocce pesanti cadevano dal soffitto, formando larghe pozzanghere. Dalle pareti provenivano strani rumori, quasi degli squittii.

– Cos'è questo rumore? – chiese Annie.

– Probabilmente cuccioli di pipistrello – rispose Jack.

– Non *quel* rumore. Io dico questo mormorio – disse lei.

Jack tese le orecchie e alla fine lo sentì. Un mormorio, in effetti, anche se molto debole.

Non riusciva a distinguere le parole. Sembrava dicesse soltanto: «*Sparite - sparite - sparite - sparite*».

Senza un motivo preciso, Jack sentì che i capelli gli si rizzavano sulla testa. Adesso era *lui* ad avere paura.

– Questo posto mi fa venire i brividi – sussurrò Annie.

– Hai ragione – convenne Jack. – Pensa però che non dobbiamo restarci a lungo. La conchiglia dice che dobbiamo solo *attraversare* la caverna. Perciò spicciamoci.

Affondando i piedi nel terreno spugnoso, i due fratelli si aggirarono per la caverna scura e spettrale alla ricerca di un'uscita, sperando con tutto il cuore di non imbattersi nella Regina dei Ragni.

– Guarda! – esclamò Annie indicando

una stella marina attaccata al soffitto della caverna. – Com'è arrivata fin lassù?

Prima che Jack potesse rispondere, un'onda irruppe nella caverna. Jack e Annie si ritrovarono di nuovo bagnati dalla testa ai piedi.

– Accipicchia! – protestò Annie. Lei e Jack si arrampicarono rapidi sopra una roccia che spuntava dalla parete.

L'acqua se ne andò da dove era venuta.

Ci fu un attimo di calma, poi una nuova onda s'infranse contro le pareti, riempiendo d'acqua il fondo della grotta.

– Oh, cavoli – gemette Jack. – La marea sta salendo! Fra poco tutta la caverna sarà piena d'acqua!

L'onda tornò indietro e, per un momento, tutto tornò tranquillo.

– Faremo meglio a filarcela adesso! – disse Jack alla sorella. – Sbrighiamoci a uscire di qui!

I due ragazzini saltarono giù dalla roccia, ma prima che potessero raggiungere l'imboccatura della caverna, un'altra onda si rovesciò all'interno. Jack e Annie persero l'equilibrio e vennero trascinati nell'acqua spumeggiante.

Jack afferrò la mano della sorella.

Nuotando contro corrente, riuscirono a ritornare alla roccia e a mettersi in salvo. Sotto di loro, l'acqua ribolliva e gorgogliava.

– Non possiamo uscire da dove siamo entrati – disse Jack. – Continueremmo a cadere e alla fine la corrente ci porterebbe via!

– Forse possiamo infilarci in quella fessura –. Annie indicò il soffitto.

– È troppo in alto! – obiettò Jack. – Non possiamo farcela!

Disperato, si guardò intorno cercando un'altra via di fuga. A un tratto si fermò, paralizzato dall'orrore. Appesa a uno spuntone di roccia, proprio vicino alla fessura nel soffitto, c'era la Regina dei Ragni. Jack vide otto occhi rossi come il fuoco, otto zampe pelose e un corpo molto più grosso di un piatto.

In effetti, era più grande di Jack.

4
Quattro passi sulla ragnatela

JACK TOCCÒ LA MANO di Annie. – Non guardare in alto. Per nessun motivo – le disse.

Immediatamente, Annie alzò lo sguardo. – AHHHHH! – urlò con quanto fiato aveva in gola.

Poi si precipitò giù dalla sporgenza, ignorando l'acqua che gorgogliava sotto di lei. Un'altra onda, più poderosa delle precedenti, si schiantò nella caverna.

Jack afferrò la sorella per la maglietta, trascinandola indietro. – Non farlo! – le gridò. – Affogherai!

In quel momento, il mormorio che fino ad allora era stato solo un suono indistinto, divenne più chiaro: – *Venite! Venite! Venite! Venite!*

La Regina dei Ragni teneva gli occhi fiammeggianti su Jack e Annie. Senza smettere di fissarli, lanciò verso di loro un filo di ragnatela, grosso come una fune. I due fratellini si abbassarono di scatto, schivandolo. Il filo rimase a penzolare alle loro spalle.

– Che sta facendo? – disse Annie.

– Non ne ho idea – rispose Jack.

La mostruosa creatura si era spostata, avvicinandosi alla fenditura nella roccia. Dopo un istante, lasciò cadere un altro filo di ragnatela.

– Attenta! – strillò Jack.

I due ragazzini si scansarono di nuovo.

Ciack! Il filo appiccicoso s'incollò alla roccia, a pochi centimetri dal primo.

– Oh, no! Guarda! – strillò Annie.

Il ragno gigantesco si era mosso di nuovo. Zigzagando tra i due fili, tesseva la sua ragnatela. E scendeva verso di loro.

Jack e Annie urlarono addossandosi alla parete. – Dobbiamo andarcene di qui! – strillò Annie.

Prima che potessero muoversi, però, una nuova onda allagò la caverna.

– Non possiamo scappare! – gridò Jack.

– Ma non possiamo nemmeno restare qui! – ribatté Annie.

– *Aspettate! Aspettate! Aspettate!* – mormorò la Regina dei Ragni continuando ad avanzare tra i due fili di ragnatela, sempre più vicina.

Jack e Annie la fissarono terrorizzati, senza riuscire a parlare o a muoversi. Quando fu abbastanza vicino da sfiorarli, il ragno gigante si voltò e risalì verso il soffitto. Dietro di lui luccicava una lunga scala fatta di ragnatela.

Di nuovo appesa al soffitto, la Regina dei Ragni fissò su Jack e Annie gli occhi rossi. – *Salite! Salite! Salite!* – mormorò.

– Vuole aiutarci! – esclamò Jack.

– No! È una trappola! – si oppose Annie.

Allora il ragno mormorò di nuovo: – *Salite! Salite! Salite!*

Questa volta c'era qualcosa nel tono della voce che convinse Jack. – Non vuole farci del male! – insistette. – Vuole aiutarci a scappare! E poi, non abbiamo scelta!

Infatti il livello dell'acqua saliva sempre di più.

– Dobbiamo arrampicarci sulla ragnatela! – disse Jack. – Andrò per primo!

Il ragazzino si sporse in avanti e afferrò la scala appiccicosa. Vincendo il disgusto, montò sul primo gradino.

– Aggrappati! – gridò a Annie sovrastando il rumore dell'acqua. – Dobbiamo raggiungere la fessura nel soffitto!

Annie, con una smorfia, afferrò un filo della ragnatela. – Accidenti – esclamò. – È gigantesca!

– Pensa solo a salire – le ordinò Jack.

Tenendosi forte, Jack e Annie iniziarono a montare sulla scala. Oscillava e dondolava, ma per fortuna era abbastanza resistente da reggere il loro peso. E poi era talmente appiccicosa da impedire loro di scivolare e cadere sulle rocce.

Arrancando, i due ragazzini salirono sempre più su. Sotto di loro, l'acqua gorgogliava forte. Jack non staccava gli occhi dalla Regina dei Ragni, che non aveva mai smesso di fissarli.

Finalmente, Jack raggiunse la fessura nel soffitto. Si spostò di lato, frapponendosi tra il ragno e sua sorella.

– Vai prima tu – le disse.

– Okay – rispose Annie. Si aggrappò al

bordo roccioso della fessura e infilò la testa. – Vedo solo acqua! – gridò.

– Dobbiamo tuffarci? È alto? – domandò Jack.

– Un bel po' – rispose Annie. – Ma possiamo farcela!

– Aspettami! – esclamò Jack cercando di impedire a Annie di infilarsi nella fessura.

– Stai attenta! – gridò Jack.

Splash!

– Oh, cavoli – disse Jack. Si aggrappò al

bordo della fessura per seguire la sorella, poi si voltò verso la Regina dei Ragni.

Nel buio, otto occhi fiammeggianti lo guardavano. Jack sentì mormorare: – *Vai! Vai! Vai!*

Jack sorrise. – Grazie!

– *Vai!* – mormorò ancora la Regina dei Ragni.

Jack s'infilò nella fessura. Adesso si trovava sopra uno stretto sperone di roccia. Sotto di lui vide una piccola baia, l'acqua azzurro intenso scintillava sotto il sole.

– Vieni! – lo chiamò Annie. Stava galleggiando placida sulle onde.

Jack si tolse gli occhiali. Si tappò il naso, chiuse gli occhi e si tuffò senza voltarsi indietro.

5
Barrh! Barrh!

Con un tonfo, Jack piombò in mare. Toccò il fondo con i piedi e poi tornò a galla. Tossendo, scostò i capelli che gli erano finiti negli occhi.

Annie nuotava poco distante.

– Ciao! – disse.

– Ciao! – rispose Jack sputacchiando acqua salata.

– Mi sbagliavo! Avevi ragione tu! – disse la ragazzina. – La Regina dei Ragni voleva solo aiutarci!

– Già – rispose Jack. Scrollò gli occhiali bagnati e se li rimise sul naso.

– Deve sentirsi molto sola – continuò Annie. – Probabilmente vive nascosta in quella grotta perché sa di avere un aspetto orribile!

– Può darsi – disse Jack guardandosi intorno. Lui e sua sorella si erano tuffati nella seconda baia. Lunghe ombre rossastre si allungavano sulla spiaggia di ciottoli. Il sole brillava ancora alto nel cielo, ma ormai mezzogiorno era passato da un pezzo.

– Dobbiamo sbrigarci – esclamò il ragazzo. – Che facciamo adesso?

– Leggiamo – disse Annie.

Jack cercò in tasca la conchiglia. Quando l'ebbe trovata e asciugata, lesse altri versi di Merlino:

– *...e con una focina verde nuoterete.*

– Che cos'è una focina? – chiese Annie.

– E chi lo sa?

Jack osservò ancora la scogliera e la spiaggia davanti a sé. «Potrebbe essere un pesce... o una persona...» si chiedeva incuriosito.

A un tratto, vide due ombre scure sfrecciare sotto il pelo dell'acqua. Veloci come siluri, puntavano verso di loro.

– Attenta! – strillò.

– Accidenti! – gridò Annie.

I due ragazzini si fecero da parte per lasciarle passare. All'improvviso, due teste sbucarono fuori dall'acqua. Avevano musi grigi, lunghi baffi, minuscole orecchie e tondi occhi neri.

– Foche! – esclamò Annie.

Le due creature ruotarono le teste come se fossero periscopi. Quando videro Jack e Annie, aprirono la bocca mostrando una fila di dentini appuntiti. Sembrava sorridessero.

– Ciao, piccoline! – esclamò Annie.

Barrh! Barrh! berciarono le foche. Fecero una piroetta in acqua dopo aver dato un buffetto con il naso ai due fratellini. Poi ripartirono velocissime verso la riva.

– Andiamo! – gridò Annie. – Giochiamo con loro!

– Non abbiamo tempo! – protestò Jack.

La ragazzina, però, era già partita all'inseguimento delle nuove amiche.

– Annie! Fermati! – strillò Jack. – Dobbiamo trovare la focina! E la Spada della Luce! Presto, prima di sera! Altrimenti per re Artù sarà la fine...

Jack smise di gridare, tanto Annie non lo ascoltava. Ormai a riva, stava uscendo dall'acqua. Le foche montarono goffamente sopra uno scoglio e si sdraiarono sulla roccia calda.

– Dai, vieni qui! – gridò Jack alla sorella. «Ormai saranno già le quattro» pensò. E avevano ancora un sacco di cose da fare prima del tramonto.

– Riposiamoci un minuto! – protestò Annie. Si sedette vicino alle foche per accarezzarle sulla testa. I due animali sembravano apprezzare le coccole.

A essere sinceri, anche Jack aveva voglia di riposarsi. Si sentiva davvero stanco. «Possiamo riposarci per un minuto» pensò «e poi cercare la focina.»

– D'accordo – gridò alla sorellina. – Ma solo un minuto!

Quindi nuotò fino a riva. Quando uscì dall'acqua, vide che le foche si erano sdraiate a pancia in su con gli occhi chiusi e dormivano beate, muovendo soltanto i lunghi baffi.

– *Sssh,* stanno facendo un sonnellino – sussurrò Annie. Si sdraiò accanto alle foche e chiuse gli occhi. – Si sta bene al sole, Jack. Vieni. Sdraiati con noi per un momento.

– Oh, cavoli – brontolò Jack. Al sole del pomeriggio, però, si stava proprio bene. Trovò un posticino comodo sullo scoglio e si sdraiò vicino a Annie e alle sue nuove amiche.

– Solo per un attimo – disse, e poi chiuse gli occhi. Sentiva il sole scaldargli le braccia e le gambe indolenzite. E la brezza marina sembrava ancora più profumata e pulita dopo essere stati nella caverna della Regina dei Ragni. Prima di rendersene conto, Jack dormiva un sonno profondo e tranquillo...

6
La focina

Una voce squillante svegliò Jack e Annie all'improvviso: – Pigroni! Non potete dormire tutto il pomeriggio!

Jack aprì di scatto gli occhi. «Oh, no!» pensò. «Che ore sono?»

Balzò a sedere e si guardò intorno.

Le foche erano sparite.

In piedi accanto a lui c'era un ragazzo vestito di una tunica marrone, scalzo, con il viso coperto di lentiggini e l'espressione simpatica.

– Teddy! – lo riconobbe Jack. Per un attimo si dimenticò dell'ora, della missione e tutto il resto.

– Teddy! Teddy! – esultò Annie buttando le braccia al collo del giovane mago.

– Finalmente sei arrivato! – gli disse Jack ridendo.

– Veramente sono qui già da un po' – disse Teddy ravviandosi i capelli rossi e umidi. – Merlino mi ha mandato qui stamattina presto. Vi stavo aspettando sulla spiaggia quando è arrivata Kathleen e mi ha invitato a nuotare con lei.

Teddy si voltò verso una ragazza ferma sulla spiaggia. Era a piedi scalzi, come Teddy, e come lui doveva avere più o meno tredici anni. – Kathleen! – la chiamò Teddy. – Vieni a conoscere i miei amici!

La ragazza sorrise e cominciò ad arrampicarsi sugli scogli. Indossava un abito verde che ricordava delle alghe intrecciate.

Jack notò i capelli nerissimi e lucidi, che ricadevano in morbidi riccioli fino alla vita.

– Ti presento i miei amici Jack e Annie – disse Teddy. – Vengono da un paese molto lontano.

– Ciao, benvenuti – disse la ragazza con gentilezza. – Io mi chiamo Kathleen –. Gli occhi scintillanti erano dello stesso blu del mare. Jack non riusciva a parlare: Kathleen era la ragazza più bella che avesse visto in vita sua.

– Mi piace il tuo vestito – disse Annie.

Kathleen sorrise. – È fatto di alghe – spiegò. – L'ho tessuto da sola, si vede? Non sono molto brava...

– Abiti qui? – domandò Annie.

– Sì, – rispose Kathleen – insieme alle mie diciannove sorelle.

– *Diciannove!?* – strillò Annie sbalordita.

– Già – disse la ragazza gettandosi dietro le spalle i riccioli. – Io sono la più giovane. Viviamo in una grotta, sulla scogliera.

– Che forza! – esclamò Annie. – Casa tua assomiglia alla grotta della Regina dei Ragni?

– No, no – rispose Kathleen. – È molto più carina della grotta di Morag.

– Allora si chiama così – osservò Annie. – Ho paura che si senta un po' sola.

– Non preoccuparti – la rassicurò la ragazza. – Morag ha molti amici... pipistrelli, granchi, stelle marine. Però è gentile da parte tua preoccuparti.

Finalmente anche Jack trovò il coraggio di parlare. Si schiarì la voce e disse: – Anche il Cavaliere delle Acque era un bel tipo...

– Il Cavaliere delle Acque? – ripeté Kathleen.

– Sì, – continuò il ragazzino – ci ha portato alla prima baia.

La ragazza lo guardò con aria interrogativa.

– Aveva un cavallo con la coda di pesce! – intervenne Annie.

– Che strano – disse Kathleen. – Io nuoto spesso in quella baia, ma non ho mai visto questo cavaliere, né ho mai sentito parlare di lui.

– È molto che vivi qui? – le chiese Annie.

– Da sempre – rispose la ragazza.

– Kathleen è una focina – spiegò Teddy.

– Cosa? – esclamarono Jack e Annie.

– Sì – confermò Kathleen ridendo.

– La rima di Merlino parla di te! –

esclamò Annie. – Dice proprio queste parole: *E con una focina verde nuoterete.*

– La rima di Merlino? – chiese Teddy.

– Sì, ci ha lasciato dei versi che ci aiuteranno a ritrovare la Spada della Luce – spiegò Jack.

Kathleen smise di sorridere. I suoi begli occhi divennero più scuri. – Siete qui per la Spada della Luce? – chiese. – Oh, per tutte le sirene...

– Qual è il problema? – chiese Jack.

– Molti sono venuti a cercare la Spada – spiegò Kathleen. – Ma non appena qualcuno entra nella baia oltre la Grotta delle Meduse, si scatenano tempeste e terribili uragani. Sembrano arrivare dal nulla, in piena estate, portando pioggia a scrosci e raffiche di vento gelido. Nessuno fra i tanti venuti a cercare la Spada è mai tornato indietro.

– Tu sei mai stata nella baia oltre la Grotta delle Meduse? – chiese Jack.

Kathleen scosse la testa. – Le mie sorelle mi hanno proibito di andarci – rispose. – Che io sappia, nessuna focina ha mai osato nuotare fino alla Baia della Costa Tempestosa.

– Accipicchia – disse Annie. – È un altro verso di Merlino! *La Baia della Costa Tempestosa dovrete varcare...*

– Che cosa ha scritto esattamente Merlino? – domandò Teddy.

– Ecco, leggi qui.

Jack porse la conchiglia all'amico.

Il giovane mago studiò sia il messaggio sia i versi.

Dopo un po' guardò il cielo. – Il sole sta calando – osservò. – Dobbiamo sbrigarci e trovare la Spada prima di sera! Altrimenti per Artù sarà la fine!

– Aspetta un attimo – intervenne Annie, girandosi verso Kathleen. – La poesia dice che dovremmo nuotare insieme a *te*. Vuol dire che verrai con noi?

La ragazza li guardò a lungo senza rispondere.

Dopo un po' si alzò in piedi scuotendo i riccioli neri. – Ho sempre voluto esplorare quella baia – disse con gli occhi che brillavano.

– *Urrah!* – esultò Teddy. – Sarai la prima focina a nuotare in quelle acque! Sarà una grande avventura! Andiamo!

– Calma – lo fermò Jack. – Che mi dici della Grotta delle Meduse?

– Niente paura, – lo rassicurò Kathleen – non ci faranno del male.

– Ah no? – chiese Jack senza riuscire a mascherare i suoi dubbi.

– No, – rispose la ragazza – non se ci trasformiamo tutti in foche.

7
La Baía della Costa Tempestosa

JACK GUARDÒ TEDDY sgranando gli occhi. – Foche? Ha detto proprio «trasformarci in foche»?

– Proprio così! – rispose il giovane mago. – Esattamente quello che fanno le focine. Sono esseri umani sulla terra e foche in mare.

– Tu saresti una foca? – chiese Jack rivolto a Kathleen.

– Solo qualche volta – rispose lei sorridendo.

Jack la guardò a bocca aperta. Non riusciva a credere che quella bella ragazza si trasformasse in foca, qualche volta.

– Quando vengo a riva e mi asciugo al sole, la pelle di foca cade – spiegò Kathleen. – Allora sono una ragazza come... beh, come adesso.

– Ho capito! – esclamò Annie. – Tu eri una delle foche che abbiamo incontrato poco fa!

– Proprio così – disse Kathleen. – L'altra invece era Teddy.

– T-tu? – balbettò Jack fissando allibito l'amico. – Ma come...?

Teddy rispose con un sorriso: – Certo, sono un mago, ricordi?

Kathleen scoppiò a ridere. – Sì, ma questa volta abbiamo usato la *mia* magia – disse. Indicò le due pelli di foca che giacevano sulla sabbia. – Gli ho prestato una delle nostre pelli e poi ho recitato la formula magica delle focine.

– Quindi hai trasformato Teddy in una foca? – domandò Jack sbigottito.

– Esatto, – rispose la ragazza – e farò lo stesso con voi. Sono sicura che alle mie sorelle non dispiacerà se prendiamo in prestito altre due pelli.

Quindi Kathleen si diresse verso un gruppo di rocce poco distante. Teddy la guardò allontanarsi. – Possiede una magia davvero potente – disse a Jack e Annie.

– Non ho dubbi – disse Annie.

Jack era ammutolito. Lui e Annie stavano per essere trasformati in foche e ancora non sapeva se la cosa gli piacesse oppure no. Nel frattempo, Kathleen era sbucata da dietro le rocce reggendo qualcosa di lucido e grigio.

– Prendete – disse, porgendo le pelli ai due ragazzini. Somigliavano a mute da sub con il cappuccio.

– Indossatele sopra ai vestiti, così... – proseguì Kathleen.

Lei e Teddy raccolsero da terra le loro pelli e iniziarono a infilarle. Jack e Annie fecero lo stesso.

Jack infilò prima le gambe e il busto, poi braccia e spalle. Gli sembrava di avvolgersi in uno spesso strato di gomma.

– Prima di coprire la testa e la faccia, dobbiamo entrare in acqua – li avvertì Kathleen. – Seguitemi.

Jack entrò in acqua insieme agli altri. Si sentiva piuttosto goffo.

«È pazzesco» pensò. «Ovviamente non basta indossare una pelle per diventare una vera foca.»

Quando furono immersi fino alla vita, Kathleen ordinò di fermarsi.

– Infilate i cappucci – disse. – Io reciterò una formula magica nella lingua delle focine. Poi potremo immergerci.

Teddy fece l'occhiolino ai due ragazzini. – Siamo stati corvi e abbiamo volato insieme – disse. – Adesso nuoteremo insieme.

Jack annuì, ma dubitava che avrebbe funzionato sul serio.

– Presto! – li esortò Kathleen. – Copritevi testa e faccia! E non appena avrò recitato la formula, tuffatevi!

Jack infilò il cappuccio, tirandolo sulla fronte. Coprì con cura gli occhiali, il naso e il mento.

A quel punto non vedeva più niente e nemmeno riusciva a parlare. Fu tentato di strapparsi via il cappuccio, ma la voce di Kathleen lo fermò:

– *An-ca-da-tro-a-day-mee!*

Ba-mi-hu-nonay-hah-nee!

Jack sentì un tonfo in acqua… poi altri due.

In fretta, si tuffò anche lui. Subito, sentì la pelle di foca diventare un tutt'uno con la sua. Il suo petto era diventato grande come una botte! Braccia e gambe erano scomparsi, lasciando posto a due paia di pinne!

Jack filò come un missile sott'acqua. Muovendo le pinne anteriori girava a de-

stra o a sinistra. Spingendo con quelle posteriori, sfrecciava avanti. Fece una capriola. Zigzagò fra branchi di pesci e foreste di alghe.

Toccò senza sforzo il fondale della baia, dove l'acqua era più fredda e torbida. Poi con due colpi di pinna tornò in superficie. Nuotava molto più veloce di quanto avesse mai fatto da umano! E anche sott'acqua poteva vedere e sentire perfettamente!

Si immerse e risalì. Si stava divertendo un sacco, quando all'improvviso due foche comparvero alla sua destra. Aprirono la bocca e in un turbinio di bolle emisero dei suoni gorgoglianti. Jack si accorse che riusciva a capire il linguaggio delle foche!

– *Ehi, Jack! Sono io!*

– *Come va?*

– *Ciao, ragazzi!* – disse Jack rivolto a Annie e Teddy.

Poi sentì dei suoni argentini provenire dalla sua sinistra. Si girò e vide Kathleen, che nuotava con grazia verso di lui.

– *Ciao, Jack!*

– *Ciao, Kathleen!*

Jack voleva dire alla focina quanto si stesse divertendo. Però, quando aprì la bocca per parlare, un nugolo di pesciolini gli finì dritto in gola. Prima di rendersene conto, li aveva inghiottiti! Pazienza, Jack li trovò molto gustosi. Rise alla maniera delle foche, riempiendo l'acqua di bolle.

– *Avanti, Kathleen!* – disse Teddy. – *Portaci alla Grotta delle Meduse!*

8

Il mantello del vecchio fantasma grigio

Le quattro foche attraversarono senza fatica la Baia delle Focine ed entrarono nella Grotta delle Meduse. L'acqua era gelida e scura, ma grazie alla sua nuova condizione, Jack non sentiva freddo e vedeva chiaramente perfino il fondale, anche se l'acqua era torbida.

Mentre s'inoltravano nella grotta, fecero la propria comparsa le prime meduse.

All'inizio erano poche, ma in breve divennero centinaia... migliaia... Meduse rosa, rosse, arancioni e color cioccolato... Meduse grandi come ombrelli e piccole come monete... Meduse a forma di campana, di tazza, di paracadute, di fungo... Meduse scintillanti come fiammelle e trasparenti come vetro...

Alcune nuotavano pulsando, altre scivolavano via seguite dai lunghi tentacoli velenosi.

Nonostante tutto, Jack nuotava senza alcuna paura. Si era accorto che la pelle

di foca lo proteggeva dal veleno urticante delle meduse.

Era trascorso un bel po' di tempo, quando finalmente Kathleen li guidò attraverso un'apertura negli scogli dentro la terza baia.

Le quattro foche misero la testa fuori dall'acqua e inspirarono l'aria salmastra. I baffi di Jack tremarono, mentre guardava la Costa Tempestosa.

L'intera baia era immersa in un silenzio assoluto. Una luce pallida illuminava l'acqua liscia come olio. Strane colline verdi brillavano sotto il sole del pomeriggio. In lontananza si stagliavano alte montagne coperte di neve. A un tratto, Jack sussultò: su una scogliera lontana aveva visto la casetta magica in cima alla sua quercia.

– *Asciughiamoci su quelle rocce!* – propose Kathleen.

I quattro amici nuotarono fino a un

isolotto roccioso che emergeva in mezzo alla baia. Jack si trascinò fuori dall'acqua, lasciandosi cadere accanto agli altri. Il corpo di foca che gli era sembrato così agile in acqua, a terra si rivelava pesante e goffo.

Aveva appena cominciato a godersi il calduccio, quando sentì che la pelle cominciava a restringersi. Prima di rendersene conto, scivolò via come vecchia carta da pacco. Era di nuovo un ragazzo, sdraiato sulla roccia in pantaloncini e maglietta. Si alzò a sedere e si aggiustò gli occhiali.

– È stato fantastico! – esclamò Annie.

Richiamato dalla voce della sorella, Jack si voltò. L'incantesimo aveva trasformato anche gli altri: erano tutti e quattro esseri umani.

– Anch'io mi sono divertito un sacco! – disse Jack. Poi tornò a guardarsi intorno. – E non vedo nessuna tempesta.

– Comunque questo posto ha qualcosa di strano – bisbigliò Teddy sbirciando il paesaggio. – Mi fa venire la pelle d'oca.

Jack lo guardò preoccupato. Se Teddy aveva paura, allora *doveva* esserci qualcosa di pericoloso. Teddy non aveva paura di niente.

– Beh, il giorno sta per finire – disse il ragazzo con i capelli rossi guardando il sole al tramonto. – Raggiungiamo la riva, troviamo la Spada e andiamocene il prima possibile.

– Temo che non sarà così facile – disse Kathleen. – Guardate…

Una fitta nebbia scendeva dalle montagne. In pochi istanti coprì le colline, poi le acque immobili della baia.

– Oh, poveri noi – disse Kathleen. – Siamo finiti sotto il mantello del vecchio fantasma grigio.

– Hai detto *fantasma grigio*? – domandò Annie.

– Sì, è così che noi focine chiamiamo la nebbia – spiegò Kathleen.

– Ma è anche un verso di Merlino! – esclamò Annie: – *E sotto il mantello del vecchio fantasma grigio nuotare...* – recitò soddisfatta.

Jack sospirò di sollievo. Il “fantasma grigio” non era uno spettro, ma solo un altro nome per indicare la nebbia. – Allora non ci resta che andare a terra e cercare la Spada in mezzo alla nebbia – disse con un sorriso.

– La poesia dice di nuotare *sotto* il mantello – osservò Teddy. – Perciò, forse non serve andare a riva.

– Giusto. Ci trasformeremo di nuovo in foche tutti quanti?

La nebbia era fredda, umida, penetrante, e Jack non vedeva l’ora di sentirsi caldo e asciutto dentro alla sua pelle di foca.

– Non mi sembra una buona idea – intervenne Kathleen. – Come si fa a tra-

sportare una spada con le pinne? Qualcuno deve restare umano.

– Allora tu e Teddy diventerete foche e andrete a cercare la Spada, – suggerì Annie – mentre Jack e io verremo a recuperarla sott'acqua quando l'avrete trovata.

Jack stava per dire che avrebbe preferito trasformarsi in foca, ma prima che potesse aprire bocca, Teddy esclamò: – Ecco un piano eccellente!

– Davvero – aggiunse Kathleen. – I tuoi amici sono molto coraggiosi, Teddy –. Quindi si voltò e sorrise a Jack.

– Ehm, certo, nessun problema – rispose lui.

– Sbrighiamoci allora – disse Teddy. Nascosti dalla nebbia, lui e Kathleen s'infilarono nelle pelli.

– Arrivederci, ragazzi! – disse la voce di Teddy. Poi Jack e Annie sentirono Kathleen recitare la formula magica e, infine, il rumore di due tuffi.

– E adesso, che facciamo? – chiese Jack.

– Aspettiamo che trovino la Spada – rispose Annie.

– Speriamo che non ci mettano troppo – aggiunse il ragazzo, rabbrividendo per il freddo.

– Lo spero anch'io.

Rimasero seduti in attesa del richiamo delle due foche. Aspettarono, aspettarono e aspettarono...

– Chissà che ore sono – sospirò Annie.

– Non lo so – rispose suo fratello.

– Farebbero meglio a...

– Zitta! – esclamò Jack. Aveva sentito un debole richiamo, poi un altro e un altro ancora.

La nebbia però era così fitta che Jack non vedeva nulla e non riusciva a capire da dove provenissero.

– Riesci a capire da dove arrivano? – chiese.

– Penso da laggiù! – rispose Annie.

Splash!

La ragazzina si era tuffata in acqua e Jack non riusciva a vederla.

– Annie, dove sei? – gridò.

– Qui! – strillò lei attraverso la cortina di nebbia. – Vieni!

Jack appoggiò gli occhiali sulle rocce. Poi, lentamente, scese in acqua.

Mentre nuotava incontro a Annie, il suo corpo gli sembrò fragile e indifeso. Non riusciva a trattenere il respiro a lungo sott'acqua e si sentiva gelare.

Quanto avrebbe voluto essere una foca come i suoi due amici!

Barrh! Barrh! continuavano a gridare Teddy e Kathleen.

Jack nuotò alla cieca finché quasi non andò a sbattere contro le due foche.

– Avete trovato la Spada? – gridò Annie. – È lì sotto?

Le due foche sembravano molto eccitate. Nuotavano in cerchio, sbuffando ed emettendo strilli acuti.

Poi si ributtarono sott'acqua. Jack e Annie inspirarono a fondo e li seguirono.

Le foche discesero rapidamente fino al fondo della baia e lì si misero a girare in tondo. Qualcosa brillava nella sabbia.

Era l'impugnatura di una spada.

9
La Spada della Luce

Annie indicò l'impugnatura. Jack annuì, ma non avrebbe resistito un minuto di più sott'acqua. Così riemerse, seguito dalla sorella.

Si ritrovarono con la testa fuori dall'acqua, ansimanti. – L'hai vista? – strillò Annie. – È l'impugnatura di una spada!

– Sì! La lama deve essere infilata nella sabbia! – rispose Jack.

– Dobbiamo tirarla fuori! – disse ancora Annie. – E in fretta!

– Giusto! – disse Jack. Respirarono a pieni polmoni, poi s'immersero di nuovo. Jack fu il primo a raggiungere la Spada. Afferrò l'impugnatura e tirò, ma la Spada

non si mosse di un millimetro. Tirò ancora, senza risultato: la Spada restava sempre bloccata.

Annie afferrò l'impugnatura e provò a tirare insieme a Jack. La Spada si mosse, appena un po'. Jack sentiva i polmoni sul punto di scoppiare.

Afferrò l'impugnatura con le due mani, puntò i piedi sul fondo e tirò con tutte le sue forze. Finalmente, la lama scivolò fuori dalla sabbia.

Jack e Annie nuotarono verso la superficie, tenendo stretta la Spada della Luce.

– L'abbiamo presa! – ansimò Jack, rivolto a Kathleen e Teddy.

Le foche piroettarono festose attorno ai due amici, schizzando acqua dappertutto.

Barrh! Barrh!

– Portateci agli scogli! – sussurrò Annie ancora senza fiato.

Reggendo l'impugnatura della Spada con una mano, mentre con l'altra si aggrappavano alle foche, i due fratelli si diressero all'isolotto.

La nebbia si era diradata. Il cielo da grigio tornò azzurro. Quando toccarono terra, le strane colline erano di nuovo illuminate dal sole del tardo pomeriggio.

– Prendi la Spada, mentre io esco dall'acqua – gridò Jack alla sorella.

Si arrampicò sugli scogli, poi raccolse la Spada dalle mani di Annie e la appoggiò con cura sopra le rocce.

Poco lontano, le teste di foca di Kathleen e Teddy sorvegliavano le operazioni. Quando anche Annie fu salita sugli scogli, i quattro amici si fermarono a guardare la Spada con gli occhi sgranati.

– Uau – mormorò Annie.

La luce del tramonto rifletteva un bagliore sul metallo. La lama pareva fatta di fuoco.

– E adesso che facciamo? – chiese Jack.

– Dobbiamo portare la Spada a Merlino – rispose Annie. – Subito. Il sole sta tramontando.

– Giusto – convenne Jack. – Prima che venga sera e...

Non aveva nemmeno terminato la frase, che Teddy e Kathleen presero a strillare allarmati. Jack e Annie smisero di fissare la Spada e alzarono gli occhi.

L'acqua aveva cominciato a incresparsi. Lunghe onde partivano dalla riva per andare a infrangersi contro l'isolotto.

– Che succede? – gridò Jack.

– Magari sta arrivando un temporale – disse Annie.

Barrh! Barrh! Jack si voltò, richiamato dalla voce delle foche. Teddy e Kathleen cercavano di arrampicarsi sugli scogli, ma le onde li ricacciavano puntualmente indietro.

– Dobbiamo aiutarli! – esclamò Annie. I due fratellini si avvicinarono agli amici, cercando di farli salire sugli scogli. Tutto inutile! La pelle delle foche era troppo liscia e scivolosa.

Per un soffio, Jack e Annie non caddero in acqua. Intanto, le onde diventavano sempre più alte e violente. *Barrh! Barrh!* Teddy e Kathleen furono trascinati lontano dalla corrente.

– Guarda! – strillò Annie. – La terra si muove!

Jack per un attimo distolse lo sguardo dalle due foche e si concentrò sull'orizzonte. Annie aveva ragione: la terra si stava muovendo! Prima oscillò a destra e a sinistra, poi scivolò in avanti!

Fu allora che nella baia echeggiò un sibilo assordante e una testa mostruosa sbucò dal mare.

Le colline non erano delle vere colline. Quello che si muoveva davanti agli occhi terrorizzati di Jack e Annie era il corpo di un gigantesco serpente!

10

L'antico quesito

IL SERPENTE allungò il lungo collo verso il cielo.

– AHHH! – urlarono Jack e Annie. Era coperto di scaglie verdi che brillavano alla luce del tramonto.

L'enorme rettile piantò gli occhi gialli sui due ragazzini.

Jack e Annie non mossero un muscolo, paralizzati dall'orrore.

Il mostro spalancò le fauci mostrando i denti affilati e la lingua biforcuta. Poi emise un sibilo lungo e agghiacciante.

Jack e Annie si abbracciarono, mentre in mare le foche gridavano disperate.

– Teddy! – strillò Jack. – Kathleen!

– La loro magia non può aiutarci adesso! – disse Annie. – Non finché indossano le...

Ma prima che potesse terminare la frase, nell'aria echeggiò una voce profonda.

– CHI SSSIETE? E PERCHÉ SSSTATE RUBANDO LA SSSPADA DELLA LUCE?

Jack era troppo spaventato per rispondere. Annie invece gridò al mostro: – Non siamo ladri! Siamo Jack e Annie! Siamo in missione per conto di Merlino!

– SSSSSSSSS! – sibilò irritato il serpente.

Schioccò la lingua biforcuta e si avvolse attorno all'isolotto.

Di nuovo, la sua voce tenebrosa risuonò nella baia. – PER ESSSERE DEGNI DELLA SSSPADA, DOVETE RISSSPONDERE ALL'ANTICO QUESSSITO.

– Quale quesito? – gridò Annie.

– SSSSSSSSS! – sibilò il serpente avvolgendosi sempre di più attorno alle sponde rocciose. Adesso il suo corpo formava due giri intorno all'isolotto e la testa mostruosa era ancora più vicina a Jack e Annie.

«Ci vuole stritolare!» pensò Jack atterrito. Forse, però, se lui e Annie univano le forze potevano colpire il mostro e salvarsi la vita. – Prendi la Spada! – gridò Jack.

Aiutato dalla sorella, Jack sollevò la Spada e la puntò contro l'avversario.

– Non ti avvicinare! – urlò Jack.

La bestia ignorò l'ordine e si fece più vicina. Gli occhi mandavano lampi, mentre spalancava le fauci.

– Aspetta! Fermo! – gridò Annie. – Dacci una possibilità! Facci rispondere al quesito!

Il serpente richiuse la bocca, quindi si avvicinò muovendo lentamente le spire. La sua testa adesso era a pochi centimetri da Jack e Annie. La voce cavernosa disse: – QUAL È LO SSSCOPO DELLA SSSPADA? QUESSSTO È IL QUESSSITO.

– Ho capito! Lo scopo della Spada! Solo un minuto! – gridò Annie. Si voltò verso Jack. – Qual è lo scopo della Spada? – domandò al fratello.

– Sconfiggere i nemici? – suggerì lui.

Annie scosse la testa. – Non credo sia la risposta giusta.

– Obbligarli ad arrendersi? – provò ancora Jack. – Annientarli?

– No, no! Siamo fuori strada! – disse Annie.

– SSSSSSSSS! – sibilò il serpente impaziente.

– Allora, *cosa*? – chiese Jack.

– Non lo so, – rispose Annie – ma forse... forse non c'entrano i combattimenti! Guardala!

Jack fissò la Spada. La lama d'argento scintillava contro il cielo al tramonto. A Jack bastò guardare la Spada per un momento, e subito si sentì più calmo.

– RISSSPONDETE AL QUESSSITO! – sibilò il serpente.

Adesso che si sentiva sicuro e tranquillo, Jack vedeva tutto chiaramente. – Ci sono – disse. – Ricordi il verso di Merlino? *Rispondete a una domanda col cuore e non con paura.*

– Sì! – esultò Annie. – Giusto! Non c'entrano i combattimenti! La Spada serve a non avere paura!

– RISSSPONDETE AL QUESSSITO!

Jack guardò la bestia negli occhi senza alcun timore. Adesso era il serpente a sembrare inquieto.

– La Spada non deve essere usata per colpire! – gridò Jack.

– Giusto! – esclamò Annie. – Deve essere usata a fin di bene!

– La Spada non deve spaventare! – continuò Jack. – Anzi, deve scacciare la paura! Se la gente smette di avere paura, smette di combattere!

Il serpente era immobile.

– Lo scopo della Spada è la *pace*! – gridò Jack.

11

Spada e rima

Il serpente avvicinò la testa a Jack e Annie e sibilò un lungo: – *SSSSSSSSS*.

Con la lingua biforcuta sfiorò la spada, e il cuore di Jack quasi cessò di battere. Poi il serpente sollevò la testa e iniziò a srotolarsi. Le spire scivolarono in acqua una dopo l’altra. Il corpo del serpente tornò a circondare la baia e a sembrare una serie di verdi colline.

Infine, la bestia immerse la testa sollevando una sola, piccola onda. A quel punto era impossibile dire dove iniziasse o finisse il suo corpo.

Jack e Annie posarono la Spada della Luce sugli scogli. Si sedettero, sospirando di sollievo.

Le teste di Kathleen e Teddy spuntarono dal mare tornato calmo.

Barrh! Barrh!

Jack e Annie scoppiarono a ridere insieme.

– Adesso potete uscire! – disse Annie.

Le foche raggiunsero lo scoglio e si lasciarono cadere su un fianco.

– Ci ha aiutato a rispondere all'antico quesito – spiegò Jack indicando la Spada che continuava a brillare, anche se il sole era sceso oltre l'orizzonte.

– Dobbiamo ancora portarla via di qui prima che sia buio – disse Annie.

– Lo so – rispose Jack. – Ma come?

– Leggi la poesia di Merlino – suggerì Annie.

Jack prese la conchiglia dalla tasca e lesse l'ultima riga.

– *La rima e la Spada*
fanno la via di casa chiara e sicura.

Jack alzò gli occhi. – Non ha alcun senso – disse.

– Forse sì – disse Teddy.

Jack e Annie si voltarono. Teddy e Kathleen erano dietro di loro, di nuovo umani.

– Forse serve una formula magica – suggerì Teddy sorridendo sotto i baffi. – E io *sono* un mago, ricordate?

Annie rise. – Impossibile dimenticarlo.

Teddy fece una smorfia. – Sono molto migliorato con le formule magiche... State a sentire... –. Il ragazzo si fregò le mani e sollevò con cautela la Spada. Tenendo l'impugnatura con tutte e due le mani, la puntò verso la magica casetta sull'albero.

Inspirò profondamente. Poi gridò: – *Oh, spada luminosa, ora illumina ogni cosa!*

Teddy si bloccò, come al solito. Jack era preoccupato perché l'amico spesso non riusciva a finire le formule magiche. E quando ci riusciva, non avevano mai l'effetto desiderato.

Kathleen si avvicinò al giovane mago sussurrando. – Prova ancora.

Teddy pronunciò la rima una seconda volta: – *Oh, spada luminosa, ora illumina ogni cosa!*

Kathleen terminò la rima nella lingua delle focine: – *Uu-po-for-eh-lum-ii-ciel-po!*

La Spada cominciò a vibrare. Ci fu un boato accompagnato da un lampo accecante. Scintille luminose si sparsero nell'aria, dove si unirono per formare un ponte. Un arco di luce che andava dall'isolotto roccioso in mezzo alla baia fino alla costa. Teddy abbassò la Spada, ma il ponte rimase sospeso nel cielo.

– Uau! – mormorò Annie, poi si voltò verso Kathleen. – Cosa hai detto per finire la formula?

– *Uu-po-for-eh-lum-ii-ciel-po* – rispose Kathleen. – *Un ponte forte e luminoso in cielo posa*.

– Proprio quello che volevo dire io – disse Teddy.

– Lo so – disse Kathleen con un sorriso. Prese la mano di Teddy, poi si voltò verso Jack e Annie. – Questo ponte vi porterà dal mio mondo al vostro.

– Vuoi dire... che possiamo camminarci sopra? – domandò Annie.

– Provate – disse Teddy.

– Oh, cavoli – mormorò Jack con una risatina nervosa. Sollevò un piede e lo appoggiò sul fascio di luce. Sembrava robusto.

Montò con l'altro piede e fece un passo. Sembrava solido come una strada asfaltata.

Annie salì accanto a lui. C'era abbastanza spazio per poter camminare fianco a fianco. – È proprio forte – sussurrò.

– Aspettate, dimenticate *questa* – disse Teddy. Con un gesto elegante, porse la Spada della Luce ai due fratelli.

– E voi cosa farete, ragazzi? – chiese Jack impugnando l'elsa della Spada.

– Io devo tornare alla mia caverna – rispose Kathleen – altrimenti le mie sorelle potrebbero preoccuparsi.

– Io accompagno Kathleen, – aggiunse Teddy – poi tornerò nel futuro, a Camelot.

– Oh, ricordati che hai promesso di cenare con me e le mie sorelle – gli ricordò Kathleen.

– Oh... – disse Jack. Anche a lui sarebbe piaciuto conoscere le altre focine. Voleva restare ancora un po' con Kathleen e Teddy, qualsiasi cosa facessero.

– Faremmo meglio ad andare, Jack – intervenne Annie. – È quasi buio.

– Va bene – sospirò Jack.

– Arrivederci – disse Kathleen. – E grazie. Non dimenticherò mai come avete sconfitto il nemico.

– Il serpente non era davvero nostro nemico – disse Jack.

– Come la Regina dei Ragni – continuò Annie. – Spaventosi solo finché non abbiamo imparato a conoscerli.

– Già – disse Jack.

– Ci rivedremo ancora? – chiese Annie ai due amici.

– Sì, sento che ci rivedremo presto – rispose la focina.

– Ci incontreremo a sorpresa, quando meno ve l'aspettate – aggiunse Teddy ridendo. – E ora, amici miei, andate. La notte sta calando in fretta. Addio.

– Addio.

Jack e Annie s'incamminarono sul ponte di luce. Reggevano la Spada insieme, tenendola sollevata per l'elsa. La lama argentata illuminava la baia e sotto i loro piedi mille scintille brillavano sul mare.

Jack sentì due tonfi nell'acqua. Si fermò ad ascoltare.

– Su, Jack, andiamo – sussurrò Annie.

Lui e Annie camminarono a lungo prima di raggiungere la fine del sentiero luminoso. Allora, tenendo stretta la Spada, si voltarono. Alle loro spalle, il ponte di luce si era frantumato in un milione di schegge dorate. Come le scintille di un fuoco d'artificio, piovvero giù dal cielo e in un attimo si spensero.

Ora la baia era buia e silenziosa… a parte il verso gutturale e lontano delle foche.

12
L'isola di Avalon

JACK CHIESE – E adesso?

– Adesso vi devo ringraziare – rispose una voce profonda.

– Merlino! – gridò Annie.

Il mago uscì dall'ombra. La sua lunga barba bianca scintillava alla luce della Spada. – Avete liberato la Spada della Luce appena in tempo – disse. – Prima che la notte calasse sul solstizio d'estate.

– Perché abbiamo dovuto prenderla proprio oggi? – chiese Jack.

– Perché è il giorno durante il quale i poteri del Mago dei Ghiacci e dell'Inverno sono più deboli – spiegò Merlino.

– Il Mago dei Ghiacci e dell'Inverno? – ripeté Annie. – La Spada appartiene a lui?

– No, no – rispose Merlino con un sorriso affettuoso. – Molto tempo fa, il Mago dei Ghiacci rubò la Spada alla Dama del Lago, e la nascose nel suo regno sopra il Mare del Nord... –. Il mago indicò le montagne coperte di neve all'orizzonte e proseguì il racconto. – Ben presto il Mago scoprì che la Dama del Lago aveva gettato un incantesimo sulla Spada. Essa acquistava potere solo nelle mani di esseri umani degni d'onore. Tuttavia, il Mago non volle separarsene e la seppellì in fondo alla baia.

– La Baia della Costa Tempestosa – bisbigliò Jack.

– Proprio così – rispose Merlino. – Solo di recente gli uccelli marini mi hanno riferito il nascondiglio della Spada. Sapevo che per recuperarla avevo bisogno di esseri umani degni d'onore. Così vi ho contattati durante il solstizio d'estate, quando il Mago dei Ghiacci non poteva inviare nessuna delle sue terribili tempeste e impedirvi di trovarla. L'unica cosa che poteva fare era farvi disturbare dal "mantello del vecchio fantasma grigio".

– Così è stato il Mago dei Ghiacci a mandare tutta quella nebbia! – disse Annie.

– E obbedisce a lui anche il serpente marino? – chiese Jack.

Merlino sorrise. – No. Il serpente è al servizio della Dama del Lago. Molto tempo fa, ordinò al serpente di ritrovare la Spada e di custodirla. Se qualche mortale fosse sopravvissuto alle tempeste di ghiaccio, avrebbe dovuto dimostrarsi degno della Spada rispondendo al quesito.

Ero certo che voi due avreste risposto con saggezza. E avevo ragione.

– Le tue rime ci hanno aiutati – disse Jack.

I due fratelli porsero la Spada della Luce al vecchio mago.

– Adesso la metterai in una roccia? – domandò Annie. – Così un giorno Artù potrà estrarla e diventare re?

– No, *questa* Spada è più potente della spada nella roccia – spiegò Merlino. – Questa Spada si chiama... Excalibur.

– *Excalibur!* – esclamarono i ragazzi.

– Adesso la riporterò ad Avalon, – continuò Merlino – per riconsegnarla alla Dama del Lago. Un giorno, quando Artù diventerà re, sarà lei a donargliela. La Spada lo aiuterà ad affrontare molte sfide con coraggio e saggezza. Lui...

Merlino fu interrotto da un suono proveniente dal mare. Sembrava l'urlo di una sirena da nebbia.

– Cos'è stato? – chiese Jack.

– Ah, sì. C'è ancora una cosa da sistemare – disse Merlino.

Sollevò la Spada e la puntò dritta verso il mare.

Come il raggio di un faro, la luce della Spada illuminò le onde.

Merlino spostò il raggio avanti e indietro, quasi stesse cercando qualcosa. – Ah – esclamò alla fine. – Eccolo.

La luce illuminò la testa del serpente. I suoi occhi gialli brillarono un istante nell'oscurità.

– Si sente triste, – spiegò Merlino – perché non ha più motivo di restare. È tempo di aiutarlo a tornare a casa, ad Avalon.

Il mago sollevò appena la Spada. Il raggio di luce indicava al rettile la via per uscire dalla baia. In un attimo era sparito.

– La sua missione è compiuta – disse Annie.

– Sì, e anche la vostra, amici miei – disse Merlino. – Dovete risalire la scaletta della magica casa sull'albero e tornare a casa.

Aiutati dalla luce della Spada, Jack e Annie trovarono la scaletta di corda e si arrampicarono. Affacciati alla finestra della casetta, videro Merlino fermo nel raggio luminoso.

– Arrivederci! – gridarono Jack e Annie.

Il mago sollevò il braccio e salutò con la mano. Il gesto di Merlino richiamò qualcosa alla mente di Jack, ma non capì cosa.

– Andiamo adesso – disse Annie.

Jack prese la conchiglia dalla tasca e puntò il dito sulle parole "Frog Creek". Vorrei tanto tornare a casa! – disse.

– Aspetta! – esclamò Annie. – Dobbiamo recuperare le scarpe! Sono rimaste sulla spiaggia!

Troppo tardi.

Il vento cominciò a soffiare.

La magica casa sull'albero cominciò a girare vorticosamente su se stessa.

Jack strinse forte gli occhi.

Il vento ululava e la casetta girava sempre più veloce, sempre più forte.

Poi all'improvviso tutto si fermò, immobile.

Perfettamente immobile.

Jack aprì gli occhi. Nella magica casa sull'albero entrava una tiepida brezza estiva. Il sole di mezzogiorno scintillava tra le foglie della quercia. A Frog Creek, il tempo non era trascorso.

– Era Merlino il Cavaliere delle Acque – esclamò Jack.

– Cosa? – esclamò Annie.

– Quando ce ne siamo andati, Merlino ci ha salutato con la mano, come il Cavaliere delle Acque – spiegò Jack. – Ti ricordi? –. Jack sollevò la mano e imitò il gesto del mago.

– Hai ragione! – rise Annie. – Come ho

fatto a non pensarci? Lui ci aiuta sempre all'inizio di ogni missione.

– E adesso abbiamo tre cose che ci ricordano il nostro amico – disse Jack. Mise la conchiglia azzurra accanto all'Invito Reale e alla foglia gialla. Poi guardò Annie.

– Torniamo a casa? – domandò.

Annie annuì. Scesero giù per la scaletta e s'incamminarono nel bosco.

– Dovremo dire alla mamma che abbiamo perso le scarpe in un tempo prima di Camelot – disse Jack.

– Già, – disse Annie – mentre cercavamo la Spada della Luce rubata dal Mago dei Ghiacci e dell'Inverno alla Dama del Lago e sorvegliata da un gigantesco serpente marino.

– Giusto – disse Jack. – Mi sembra una spiegazione logica.

– Sei pronto per andare al lago? – domandò Annie.

Jack ricordò la felicità provata sfrecciando nelle acque più profonde, quando bastava muovere una pinna per filare come un siluro. – Non sarà la stessa cosa senza Kathleen e Teddy – disse. – Non saremo foche.

– Possiamo sempre fare finta – propose Annie. – Sbrighiamoci, prima che la mamma decida che è troppo tardi per un bagno.

Corsero a piedi nudi nel bosco, godendosi la luce di mezzogiorno. Poi corsero lungo la via che portava a casa. Quando raggiunsero il cortile, erano senza fiato.

– Uau! – esclamò Annie all'improvviso. – Guarda! –. Davanti alla porta c'erano le loro scarpe da ginnastica.

Jack e Annie salirono i gradini del portico e afferrarono le scarpe. Jack le capovolse: una sottile sabbia bianca e un paio di sassolini d'argento rotolarono fuori.

– Ma chi... come? – chiese.

Un gabbiano stridette sopra le loro teste. Alzarono gli occhi. Il gabbiano planò verso di loro, poi sparì nella luce velata dell'estate.

Annie scrollò le spalle. – Era rimasta un po' di magia nelle scarpe – disse. Poi si affacciò alla porta a vetri. – Mamma! Siamo pronti per un bel bagno!

Libro Quarto

Il Mago dei Ghiacci

1

Solstizio d'inverno

Il vento gelido faceva tremare i vetri delle finestre, ma dentro casa c'era un bel calduccio. Jack e Annie stavano preparando i biscotti di Natale insieme alla mamma. Jack prese uno stampino a forma di stella e lo premette nella pasta.

– Guarda, sta nevicando – esclamò la sorellina.

Jack guardò fuori dalla finestra. Iniziava a imbrunire e dal cielo cadevano grossi fiocchi di neve.

– Hai voglia di uscire? – chiese Annie.

– Meglio di no. Tra poco sarà buio – rispose Jack.

– Hai ragione – osservò la mamma. – Oggi è il primo giorno d'inverno. Il più corto dell'anno.

Il cuore di Jack sobbalzò. – Vuoi dire il *solstizio d'inverno*?

– Esatto – confermò la mamma.

Annie la guardò a bocca aperta. – Il solstizio d'inverno? – ripeté.

– Proprio così – rispose la mamma, guardandola senza capire.

I due fratelli si scambiarono uno sguardo. Pochi mesi prima, Merlino aveva chiesto il loro aiuto proprio il giorno del solstizio d'estate. Forse anche oggi avrebbe avuto bisogno di loro!

Jack posò lo stampino e si pulì le mani nello strofinaccio. – Tutto sommato, credo che sarebbe divertente giocare un po' con la neve – disse.

– Come volete – rispose la mamma. – Ma copritevi bene. Io finirò i biscotti e li metterò in forno.

– Grazie! – esclamò Jack. Lui e Annie corsero a prendere gli stivali e indossarono velocemente cappotto, sciarpa, guanti e cappello.

– Tornate prima che faccia buio – si raccomandò la mamma.

– Lo faremo! – rispose Jack.

– Ci vediamo dopo! – salutò Annie.

I due ragazzini scivolarono fuori di casa. Il vento era freddo e la neve scricchiolava sotto i loro piedi mentre attraversavano in fretta il cortile e correvano fra gli alberi di Frog Creek.

Arrivati ai margini del bosco, Jack si fermò ad ammirare il paesaggio. Com'erano belli i pini e gli abeti, con tutti i rami coperti di neve!

– Guarda, Jack! – esclamò Annie, indicando due file di impronte che si allontanavano dalla strada per inoltrarsi nella boscaglia. – Qualcun altro è stato qui.

– Le persone che hanno lasciato queste impronte stavano uscendo dal bosco, ma poi sono tornate indietro – osservò Jack. – Muoviamoci! –. Se la magica casa sull'albero *era tornata*, non voleva che qualcuno la trovasse prima di loro!

Jack e Annie affrettarono il passo, seguendo le impronte.

– Fermati! – esclamò Annie, tirando il fratello dietro un albero. – Guarda là!

Attraverso la neve che cadeva fitta, Jack vide due figure avvolte in lunghi mantelli scuri. Correvano verso la quercia più alta, e in cima alla quercia c'era la casetta magica!

– Oh, no! – gemette il ragazzo.

La magica casa sull'albero era tornata, ma qualcun altro l'aveva trovata!

– Ehi! – urlò Jack. – Fermatevi! –. La casa sull'albero doveva essere lì per lui e Annie… e per nessun altro!

Jack accelerò, seguito da Annie. Scivolò e cadde nella neve fresca, ma si rialzò in fretta e ricominciò a correre.

Quando i fratelli raggiunsero la quercia, i due sconosciuti erano già saliti sulla scaletta di corda per scomparire nella casetta.

– Venite fuori! – strillò Jack.

– Questa è la *nostra* casa sull'albero! – gridò Annie.

Dalla finestra si affacciarono due ragazzi. Dovevano avere più o meno tredici anni. Il maschio aveva i capelli rossi arruffati e il viso coperto di efelidi. La ragazza aveva occhi blu come il mare e lunghi capelli neri. Tutti e due avevano le guance arrossate dal freddo e, non appena videro Jack e Annie, scoppiarono a ridere.

– Stupendo! – esclamò il ragazzo. – Eravamo venuti a cercarvi, e invece ci avete trovato voi.

– Teddy! Kathleen! – esclamò Annie. – Ciao!

Teddy era il giovane apprendista mago che lavorava con Morgana nella biblioteca di Camelot. Kathleen era la focina che aveva aiutato i due fratelli durante il solstizio d'estate, trasformando tutti e quattro in foche.

Jack era sbalordito. Non avrebbe mai immaginato che un giorno i due amici li avrebbero raggiunti a Frog Creek! – Cosa ci fate qui? – esclamò.

– Venite su. Vi spiegheremo tutto! – rispose Teddy.

Jack e Annie si arrampicarono in fretta lungo la scala. E una volta nella casetta, Annie buttò le braccia al collo degli amici ritrovati: – Non riesco a crederci! Siete venuti a trovarci!

– Sono contenta di rivederti, Annie – disse Kathleen. – E anche te, Jack –. I grandi occhi blu brillavano di gioia.

– Anch'io sono felice – rispose timidamente Jack. Trovava che Kathleen fosse la ragazza più bella che avesse mai visto. Anche quando si trasformava in foca, restava incantevole.

– Siamo qui per voi – spiegò Teddy. – Siamo arrivati nel bosco e poi abbiamo camminato fino alla strada.

– Ma era piena di mostri! – continuò Kathleen. – Un'enorme creatura rossa che ringhiava per poco non ci ha travolto!

– Subito dopo siamo stati attaccati da un feroce mostro nero! Come ruggiva! – intervenne Teddy. – Allora siamo tornati qui per riprenderci dallo spavento.

– Non sono mostri, – rise Annie – sono automobili!

– Automobili? – ripeté Teddy.

– Proprio così! Le automobili sono guidate dagli uomini e si muovono grazie a un motore – spiegò Jack.

– Motore? – disse ancora Teddy.

– È difficile da spiegare – rispose Annie. – Ma ricordate: nel nostro mondo bisogna fare attenzione ogni volta che si attraversa la strada!

– Ce ne ricorderemo – promise Teddy.

– Perché siete venuti a cercarci? – domandò Jack all'amico.

– Abbiamo trovato un messaggio per voi nello studio di Merlino, – rispose il giovane stregone – e abbiamo deciso di consegnarvelo di persona.

– Così siamo entrati nella magica casa sull'albero fuori dalla biblioteca di Morgana – continuò Kathleen. – Teddy ha indicato le parole "Frog Creek" sul messaggio e ha espresso il desiderio di venire qui. E poi ci siamo ritrovati in questo bosco.

Teddy estrasse dalla tasca una piccola

pietra grigia. – Ecco il messaggio. Ve l'abbiamo portato – disse.

Jack afferrò il sasso.

C'era scritto qualcosa con una calligrafia minuscola. Jack lo lesse ad alta voce:

– Accipicchia! – esclamò Annie. – Sembra una cosa seria.

– Già – ammise Jack. – Ma perché Merlino non ci ha mandato direttamente il messaggio?

– Non lo sappiamo – rispose Teddy. – Sono giorni che non si vedono né lui né Morgana.

– E dove sono finiti? – domandò Annie.

– È un mistero – disse Teddy. – La settimana scorsa sono andato a prendere Kathleen alla Baia delle Focine per accompagnarla a Camelot, dove avrebbe dovuto iniziare a lavorare come aiutante alla biblioteca di Morgana. Al nostro ritorno, Merlino e Morgana erano scomparsi.

– Abbiamo trovato soltanto il messaggio, questo è tutto – aggiunse Kathleen.

– Ho pensato che, quando Merlino tornerà, sarà molto contento di ritrovare il suo bastone. Molti dei suoi poteri dipendono dalla magia racchiusa in quell'antico pezzo di legno.

– Uau! – esclamò Annie.

– Il messaggio dice di andare nella Terra dietro le Nuvole – osservò Jack. – Sapete dov'è?

– Molto più a nord della mia baia – rispose Kathleen. – Io non mi sono mai spinta fin laggiù.

– Nemmeno io – ammise Teddy. – Ma ho letto qualcosa sui libri di Morgana. È un deserto bianco, desolato e gelido. Non vedo l'ora di vederlo con i miei occhi.

– Allora tu e Kathleen verrete con noi? – domandò Annie.

– Ma certo! – rispose la focina.

– Fantastico! – esclamarono in coro i due fratelli.

– Se uniamo le nostre forze possiamo fare qualsiasi cosa, non siete d'accordo? – chiese Teddy.

– Sicuro! – esclamò Annie.

«Lo spero» pensò Jack.

Annie indicò le parole "Terra dietro le Nuvole" sul messaggio di Merlino. – Okay, siete pronti? – chiese agli amici.

– Sì! – esultò Kathleen.

– Suppongo di sì – mormorò Jack.

– Allora partiamo – disse Teddy.

– Vorrei tanto che andassimo tutti nella Terra dietro le Nuvole! – mormorò Annie.

Il vento cominciò a soffiare.

Le foglie frusciarono e la magica casa sull'albero cominciò a girare vorticosamente su se stessa.

Il vento ululava e la casetta girava sempre più veloce, sempre più forte.

Poi, all'improvviso, tutto si fermò, immobile.

Perfettamente immobile.

2
La Terra dietro le Nuvole

JACK SENTÌ IL VENTO tagliente sferzargli il viso. Insieme agli altri, si affacciò alla finestra. – Oh, cavoli! – mormorò.

La casetta magica non si trovava in cima a un albero. A dire il vero, non c'era traccia di alberi.

Erano sopra un alto cucuzzolo di neve. Altri cumuli erano disseminati qua e là nella vasta pianura coperta di neve. All'orizzonte si stagliavano colline e montagne coperte di ghiaccio.

– I libri dicevano la verità – osservò Teddy, battendo i denti per il freddo. – È proprio un posto desolato.

– Ma no, – obiettò Kathleen – io lo trovo incantevole. Sapete, è qui che vivono le focine del nord.

– Forte! – esclamò Annie.

Jack infilò le mani in tasca. Era d'accordo con Teddy. Quel posto era davvero desolato, ma soprattutto... gelido! – Mi chiedo dove sia il Bastone della Forza di Merlino – disse rabbrividendo.

– Iniziamo a cercarlo! – propose Kathleen. – Il messaggio dice che dobbiamo incamminarci verso il tramonto.

La ragazza cominciò a scendere giù per la scaletta di corda. Arrivata a terra, si avvolse nel mantello e si sedette sul cumulo di neve. Poi si diede una spinta con i piedi e scivolò lungo la discesa.

– Ehi! Aspettami! – gridò Annie seguendo l'amica. Come lei, si lasciò scivolare sulla neve ghiacciata lanciando gridolini di eccitazione. – Venite, ragazzi! È uno spasso!

Jack e Teddy si guardarono. – Andiamo? – domandò Teddy. Jack annuì, avvolgendosi bene la sciarpa intorno al collo. I due ragazzi si sedettero uno accanto all'altro sulla neve, poi si diedero una bella spinta. Jack si accorse che stava gridando come sua sorella. Era davvero divertente. Arrivati in fondo alla discesa, Jack e Teddy balzarono in piedi. Jack si scrollò la neve dai vestiti. A ogni respiro, spesse nuvolette di condensa gli uscivano dalle labbra.

– È s-solo un po' f-freddino – disse Annie stringendosi le braccia attorno al corpo.

Kathleen era l'unica che sembrava non soffrire. Comodamente sdraiata sulla neve, guardava il cielo e sorrideva.

«Probabilmente è la sua natura di foca a non farle sentire il freddo» pensò Jack con un pizzico di invidia.

Teddy, nel frattempo, scrutava la distesa di neve. – Credo che qui non ci siano altri esseri viventi a parte noi – osservò.

– Invece ti sbagli – disse Kathleen indicando il cielo. – Ci sono oche polari e cigni fischiatori.

– Li vedo anch'io – confermò Annie.

Kathleen si alzò. Proteggendosi gli occhi con la mano, fissò l'orizzonte. Il sole freddo era basso nel cielo e gettava lunghe ombre bluastre. La ragazza indicò qualcosa in lontananza. – Vedete? Una lepre bianca sta correndo nella tana prima che faccia buio.

Jack guardò nella direzione indicata da Kathleen, ma non riuscì a scorgere alcun movimento.

– E c'è anche un gufo delle nevi, – continuò la ragazza – e... oh, no!

– Cosa? – chiese Annie.

– Lupi – mormorò Kathleen rabbrividendo. – Sono appena spariti dietro a un mucchio di neve. La mia gente è terrorizzata dai lupi.

– Non avere paura. Ti proteggerò io – disse Teddy prendendole la mano. – Venite, dobbiamo sbrigarci.

I due ragazzi si incamminarono verso il sole calante, i mantelli di lana che svolazzavano dietro di loro. Annie e Jack, le mani in tasca, li seguirono di buon passo.

Mentre i quattro amici avanzavano faticosamente nella neve, il sole scendeva sempre più in basso sull'orizzonte. Gli ultimi raggi diffondevano sulla pianura ghiacciata una luce rosata. Il vento gelido sferzava il viso di Jack ma lui, guardando in basso, continuò a camminare. Faceva talmente freddo! Gli sembrava che mille aghi gli pungessero la pelle. Inspirava, e l'aria gelida gli procurava una

fitta al petto. Sperò con tutto il cuore di trovare in fretta il bastone di Merlino. Era impossibile che qualcuno potesse sopravvivere

a lungo in quella landa deserta. A un tratto, i pensieri di Jack furono interrotti dalla voce della sorella che lo chiamava. Alzò gli occhi.

Il sole era scomparso all'orizzonte. Nella fredda luce del crepuscolo, la neve da rosa era diventata quasi blu.

– Jack! Vieni a vedere! – gridò Annie. Lei, Teddy e Kathleen erano in cima a un enorme cumulo di neve.

Jack li raggiunse di corsa.

– Guarda! – disse Annie.

– Oh, cavoli! – mormorò Jack.

Dall'altra parte sorgeva un palazzo scintillante, fatto di enormi blocchi di ghiaccio. Torri lucenti si stagliavano nel cielo illuminato dalla luna.

– Chissà chi ci abita... – disse Jack.

– Beh, andiamo a vedere! – propose Teddy.

Il giovane mago guidò gli amici giù per la discesa, verso il palazzo di ghiaccio.

Davanti all'entrata lunghi ghiaccioli appuntiti come spine sbarravano il passo.

– Sembra che nessuno entri qui da un sacco di tempo – osservò Kathleen.

– Hai ragione – sussurrò Teddy. Il ragazzo ruppe alcuni ghiaccioli, che caddero rumorosamente a terra. – Andiamo? – chiese con una punta di inquietudine nella voce.

Tutti gli altri annuirono.

Allontanando con un calcio i pezzi di ghiaccio, Teddy entrò nel palazzo seguito dai tre amici.

3
L'inganno del mago

DENTRO FACEVA ANCORA PIÙ FREDDO che all'aperto. I raggi della luna filtravano attraverso gli archi in cima alle pareti. Il pavimento brillava come una pista di pattinaggio e grosse colonne di ghiaccio si innalzavano scintillando fino al soffitto a volta.

– BENVENUTI, JACK E ANNIE – tuonò una voce da dietro le colonne.

Jack sussultò. – È Merlino? – chiese sottovoce.

– Non mi sembra la sua voce – mormorò Teddy.

– Ma come fa a sapere i nostri nomi? – sussurrò Annie.

– VENITE AVANTI, JACK E ANNIE. VI STAVO ASPETTANDO – risuonò la voce.

– Forse è Merlino! – disse Annie. – Può darsi che stia semplicemente camuffando la voce! Andiamo!

– Annie, aspetta! – strillò suo fratello. Ma la ragazzina era già scomparsa.

– Dobbiamo seguirla – disse Jack.

Così, i tre amici le corsero dietro. Oltre le colonne, una scalinata di ghiaccio saliva fino a una piattaforma. Al centro videro un trono, e seduto sul trono c'era un uomo gigantesco e barbuto. Decisamente non si trattava di Merlino. L'uomo indossava un mantello di pelliccia sporco e logoro. Aveva una barba incolta che gli copriva metà della faccia rugosa, e una benda nera sopra l'occhio sinistro. Si sporse in avanti per fissare Annie con l'occhio sano.

– Chi sei? – domandò. – Io sto aspettando Jack e Annie di Frog Creek.

La bambina fece un passo verso di lui.

– Io sono Annie e lui è Jack – rispose. – E loro sono i nostri amici Teddy e Kathleen. Veniamo in pace.

– *Annie? Jack?* – sbottò l'uomo. – Non può essere! Siete troppo piccoli!

– Non siamo poi così piccoli – ribatté Annie risentita. – Io ho nove anni e lui ne ha dieci!

– Ma siete due *bambini* – replicò l'uomo sprezzante. – Jack e Annie sono due eroi!

– Beh, non so se siamo degli eroi – continuò lei. – Ma qualche volta aiutiamo Merlino e la fata Morgana.

– Annie, shhh! – la ammonì Jack. Non si fidava di quell'uomo e temeva che Annie dicesse qualcosa di troppo.

Ma lei proseguì, imperterrita. – In effetti, è proprio Merlino che ci ha detto di venire nella Terra dietro le Nuvole. Ci ha mandato un messaggio scritto su un sasso.

– Ah... – disse l'uomo sul trono. – Forse allora siete davvero le persone che sto aspettando –. Si avvicinò alla ragazzina e disse sottovoce:

– *A Jack e Annie di Frog Creek.*
Il Bastone della Forza è stato rubato.
Il giorno del solstizio d'inverno viaggiate
e la Terra dietro le Nuvole trovate.
Cercando verso il tramonto,
recuperate il bastone o tutto sarà perduto.

Jack non riusciva a capire. – Come...? – balbettò.

– Come faccio a sapere cosa c'è scritto nel messaggio di Merlino? – intervenne l'uomo. – Lo so perché sono stato io a scriverlo! Speravo che in qualche modo giungesse fino a voi.

Jack arretrò di un passo. Dunque non

era stato Merlino a mandarli in missione. Quell'inquietante personaggio li aveva attirati lì con l'inganno!

– Chi sei? – chiese allora Teddy.

– Sono il Mago dei Ghiacci. Il Mago dell'Inverno – rispose l'uomo.

Teddy deglutì rumorosamente.

«Oh, no!» pensò Jack. Avevano sentito parlare di lui durante le loro ultime missioni per Merlino. Era del Mago dell'Inverno l'incantesimo che il Re Corvo aveva rubato, ed era stato lui a sottrarre la Spada della Luce!

Il mago girò lo sguardo per fissare Teddy e Kathleen. – E voi chi siete?

– Io sono Teddy di Camelot, – rispose il giovane stregone – apprendista della fata Morgana, e sto studiando per diventare mago.

– Mago? – ripeté l'uomo sul trono.

– Sì – rispose Teddy. – Mio padre era un mago e mia madre un folletto dei boschi.

– E io sono una focina, – intervenne Kathleen – dell'antico popolo degli uomini-foca.

– Quindi appartenete entrambi al *mio* mondo, – disse il mago – e non potete aiutarmi.

Senza aggiungere altro, si rivolse di nuovo ai fratelli. – Mi interessano solo i

due mortali, Jack e Annie di Frog Creek.

– Perché? – domandò Jack.

– Per quello che avete fatto per Merlino! – tuonò il Mago dei Ghiacci. – Per lui avete trovato l'Acqua della Memoria e della Fantasia! Avete recuperato il Diamante del Destino e la Spada della Luce! Adesso voglio che troviate qualcosa per *me*.

– E che cosa? – chiese Annie.

Il Mago dei Ghiacci afferrò la benda che gli copriva l'occhio e la strappò via. Al posto dell'occhio c'era una cavità scura e vuota.

– Accipicchia – mormorò Annie.

– Voglio che ritroviate il mio occhio.

– Oh, cavoli! – esclamò Jack sconvolto.

– Stai... stai dicendo sul serio? – domandò Teddy. – Vuoi che ritrovino il tuo *occhio*?

Il mago si rimise la benda. – Sì – disse. – Voglio che Jack e Annie ritrovino il mio occhio... e me lo riportino, naturalmente.

– Ma... perché? – chiese Jack. – Anche ammesso che lo troviamo, non possiamo rimetterlo a posto. Non siamo dottori.

– E, comunque, perché non puoi riprendertelo da solo? – domandò Annie. – Dopotutto, sei un mago.

– NON DISCUTERE I MIEI ORDINI! – ruggì il Mago dei Ghiacci.

– Ehi, non urlare con la mia sorellina! – sbottò Jack.

Il mago aggrottò le folte sopracciglia. – Siete fratello e sorella? – chiese.

– Sì – rispose Jack.

Il mago annuì piano. – Quindi tu la proteggi... – continuò con voce più gentile.

– Ci proteggiamo a vicenda – precisò Jack.

– Capisco – mormorò il mago. Poi la sua voce tornò burbera: – Molto tempo fa ho scambiato il mio occhio per qualcosa che desideravo moltissimo, ma non ho mai ottenuto quello che volevo. Perciò adesso lo rivoglio indietro.

– A chi l'hai dato? – chiese Annie.

– Alle Norne! – tuonò il mago. – Ho fatto uno scambio con loro, ma mi hanno ingannato! Per questo vi ho mandati a chiamare. Tu e Jack dovete andare dalle Norne e trovare il mio occhio, e dovete andarci da soli.

– Perché da soli? – chiese Jack.

– Perché solo i mortali possono annullare uno scambio con le Norne – spiegò. – Non i maghi come me… né le focine o i figli di maghi.

– Ma io e Jack siamo riusciti nelle altre missioni grazie all'aiuto di Teddy e Kathleen oppure di Morgana e Merlino – obiettò Annie.

– Che tipo di aiuto?

– Beh, soprattutto enigmi e indovinelli – rispose Annie.

– Ah, capisco. Bene, allora farò anch'io la stessa cosa – disse il mago. Rimase un attimo a pensare, poi si appoggiò allo schienale del trono e con voce tonante recitò:

– La mia slitta dovrete usare
e alla casa delle Norne andare
nella baia in riva al mare.
Non importa il prezzo da pagare:
prima che faccia giorno
con il mio occhio dovete tornare.

Quindi, il mago infilò una mano tra le pieghe del mantello sdrucito e tirò fuori una grossa fune fittamente annodata. – La Fune dei Venti vi aiuterà ad andare più veloci – spiegò, porgendola a Jack.

«Che cos'è una *Fune dei Venti*?» pensò Jack. «E chi sono le Norne?»

Prima che potesse formulare una domanda, però, il Mago dei Ghiacci gli puntò contro un dito. – Adesso ascoltami bene – tuonò. – Guardatevi dai lupi bianchi della notte. Potrebbero seguirvi nella vostra ricerca. Non lasciatevi raggiungere: se dovesse succedere, vi divoreranno!

Jack sentì un brivido corrergli lungo la schiena.

Il Mago dei Ghiacci si abbassò per raccogliere un bastone di legno intagliato che era nascosto sotto il trono. Il legno lucido e liscio brillava al chiarore della luna.

Teddy sgranò gli occhi ed esclamò: – Ma quello è il bastone di Merlino!

– Proprio così – disse il mago. Poi si voltò verso i due fratelli. – Ora andate e riportatemi il mio occhio – ordinò. – Altrimenti non rivedrete mai più Merlino e la fata Morgana.

– Cosa gli hai fatto? – gridò Annie.

Il mago la fissò con uno sguardo freddo e indifferente. – Non ho intenzione di svelarvelo – disse. – Li rivedrete *solo* se mi riporterete l'occhio prima che finisca il giorno.

– Ma… – protestò Annie.

– Poche chiacchiere! – ruggì il mago. – Andate, adesso! –. E prima che qualcuno potesse replicare, sollevò il Bastone della Forza e pronunciò ad alta voce un incantesimo…

– *Ow-wan!*

Dalla punta del bastone si sprigionò un lampo blu. In un attimo Jack, Annie, Teddy e Kathleen si ritrovarono fuori del palazzo, soli nella notte gelida.

4
La Fune dei Venti

Jack si accasciò sulla neve ghiacciata. Annie, Teddy e Kathleen si sedettero accanto a lui. Erano tutti troppo sconvolti per poter parlare. La notte in compenso era limpida e tranquilla. La luna piena e poche stelle illuminavano il cielo con la loro luce fredda. Annie fu la prima a parlare: – Vorrei tanto sapere cosa ha fatto a Merlino e a Morgana.

– Io invece vorrei sapere come farete a trovare il suo occhio – disse Teddy.

– E io come faremo a riportarglielo – aggiunse Jack.

– Io invece vorrei sapere se i lupi sono vicini – mormorò Kathleen. Si alzò in piedi e si guardò intorno con circospezione, stringendosi nel mantello.

– Bene, qualcuno si ricorda la rima del mago? – chiese Teddy.

– Sì – disse Kathleen, ripetendo:

– *La mia slitta dovrete usare*
e alla casa delle Norne andare
nella baia in riva al mare.
Non importa il prezzo da pagare:
prima che faccia giorno
con il mio occhio dovete tornare.

– Cosa sono le Norne? – domandò Jack.

– Ho letto qualcosa sui libri di Morgana – rispose Teddy. – Sono chiamate anche le *Sorelle del Destino*. Passano la vita tessendo enormi arazzi. I disegni intessuti determinano il destino di tutti quelli che vivono nella Terra dietro le Nuvole.

– Allora sono le Norne ad avere il suo occhio – disse ancora Jack. – È questo quello che voleva dire quando ha detto di aver fatto uno scambio con le Norne?

– Così sembra – rispose Teddy.

– Ha detto che per trovarle avremmo dovuto usare la sua slitta – intervenne Annie. – Dove sarà?

– Laggiù! – esclamò Kathleen.

– Uau! – disse Annie a bocca aperta.

Una strana slitta d'argento, sbucata da un banco di neve, scivolava silenziosa verso di loro. Sembrava una nave vichinga montata su pattini scintillanti. Nessuno la conduceva e non c'erano cavalli né renne a trainarla. Dall'albero maestro pendeva una vela candida. Mentre la slitta si fermava accanto ai quattro amici, il silenzio della notte fu rotto da uno spaventoso ululato.

– Lupi! – esclamò Teddy. – Muoviamoci!

Kathleen gli afferrò il braccio. – Non correre – disse. – Se lo facciamo, ci inseguiranno.

– Sì, hai ragione – convenne il giovane stregone. – Non dobbiamo fargli capire che abbiamo paura.

Un altro ululato echeggiò nella notte.

– Filiamocela! – gridò Teddy.

I quattro amici arrancarono nella neve e si arrampicarono sul veliero. Jack e Kathleen si misero a prua, Annie e Teddy a poppa.

– Eccoli! – gridò Teddy, indicando qualcosa in lontananza. – I lupi!

Jack si voltò e nel chiarore della luna vide avvicinarsi due grossi lupi immacolati. Correvano verso di loro, sollevando nuvole di nevischio con le zampe poderose.

– Via, via, via! – gridò Jack, aggrappandosi alla slitta.

La slitta, però, non si mosse. I lupi si facevano sempre più vicini. – Come si fa a farla partire? – gemette Jack.

– Usa la Fune dei Venti! – suggerì Teddy.

Jack prese dalla tasca la corda annodata ricevuta dal mago. – Usarla *come*? – gridò.

– Sciogli un nodo! – disse Teddy.

Jack si sfilò i guanti. Le mani gli tremavano mentre cercava di scioglierla. «È pazzesco!» pensò. «A cosa può servirci sciogliere un nodo in una fune?» Un attimo dopo era riuscito ad allentare un nodo.

Alle loro spalle iniziò a soffiare una brezza gelida che fece svolazzare la vela.

– Sciogline un altro! – gridò Teddy. – Fai presto!

Jack fece più in fretta che poté. La brezza si fece più forte e la vela si gonfiò un po' di più.

Finalmente, i pattini scintillanti cominciarono a scivolare sulla neve.

– Evviva! – esultò Annie. – Funziona!

– Sì, ma non abbastanza! – osservò Teddy.

Jack si girò a guardare. I due lupi li avevano quasi raggiunti. Correvano dietro alla slitta ululando, le fauci spalancate. Jack sciolse in fretta un altro nodo. Un vento freddo gonfiò la vela con un colpo secco, e la slitta fece un balzo in avanti!

– Tenetevi forte! – gridò Teddy.

Jack, Annie e Kathleen si aggrapparono ai bordi della slitta per non cadere fuori. Teddy afferrò il timone e guidò la nave dei ghiacci sulla neve, lontano dal palazzo.

La slitta del mago sfrecciò sul terreno gelato, lasciandosi alle spalle quei denti affilati. Gli ululati diventarono sempre più deboli, poi scomparvero del tutto.

Il vento spingeva la slitta d'argento sulla distesa ghiacciata. I pattini stridevano sulla neve illuminata dalla luna. Il vento

gonfiava la grande vela rettangolare su cui era disegnato un cigno bianco. Adesso che avevano seminato i lupi, la corsa in slitta si rivelava molto divertente, anche se il freddo restava pungente.

– Come sapevi che sciogliendo i nodi sarebbe arrivato il vento? – chiese Jack all'amico.

– È un'antica magia – rispose Teddy. – Ho letto qualcosa sulle Funi del Vento, ma non ne avevo mai vista una prima d'ora.

– È una fortuna che tu legga così tanto – osservò Annie.

– Oh, guardate! – disse Kathleen. – Lepri e volpi!

– Dove? – chiese Annie.

– Laggiù! – rispose Kathleen indicando un punto indistinto all'orizzonte. – Stanno giocando tra la neve! E... ascoltate! Lassù, dietro quella nuvola, cigni fischiatori...

– Forte! – esclamò Annie.

Jack era sbalordito del fatto che Kathleen riuscisse a vedere e sentire tutte quelle cose: a lui quella distesa bianca continuava a sembrare completamente deserta.

– Dove ci stai portando, Teddy? – domandò Annie.

– Non ne ho idea! – rispose lui ridendo.

– Per trovare le Norne dovremmo andare in una baia in riva al mare – disse la ragazzina.

– Allora gira a sinistra e segui i cigni! – gridò Kathleen. – Stanno volando verso il mare!

Teddy virò a sinistra. Per un po' la slitta proseguì sobbalzando, poi cominciò a scivolare dolcemente.

– Siamo sul mare ghiacciato! – spiegò Kathleen. – Sotto di noi ci sono le foche! Vedo i buchi che usano per respirare! Forse dovremmo fermarci…

– Già, ma come? – domandò Teddy mentre sfrecciavano sulla superficie gelata.

– Prova a *fare* un nodo! – suggerì Annie.

– Ottima idea! – si complimentò Teddy. – Jack?

Jack si sfilò di nuovo i guanti e, con le dita rigide e tremanti, annodò la fune. Il vento diminuì un poco e la slitta iniziò a rallentare. Un altro nodo, e la vela si afflosciò.

– Urrà! – gridò Annie.

Jack strinse un terzo nodo e il vento cessò del tutto. La slitta rallentò fino a fermarsi.

– Bravo! – disse Teddy.

– Grazie – rispose Jack. Si rimise in tasca la fune e si guardò intorno. – Credete che qui vivano le Norne?

– Ora lo chiedo – disse Kathleen.

«Lo chiedo *a chi*?» pensò Jack.

Kathleen scese dalla slitta per camminare sul mare ghiacciato, scrutandolo con attenzione. A un tratto si bloccò vicino a un piccolo foro nel ghiaccio. Si inginocchiò e parlò sottovoce nella lingua delle focine. Poi avvicinò l'orecchio e rimase in ascolto.

Un attimo dopo, la ragazza era già in piedi. – Una foca mi ha detto che la baia si trova proprio dietro quegli scogli – annunciò, indicando con l'indice. – È là che troveremo le Norne.

– Fantastico! – esclamò Annie.

Jack, Annie, Teddy e Kathleen si incamminarono sul mare gelato. La superficie scricchiolava sotto i loro passi. Raggiunti gli scogli, si infilarono in una strettoia. Camminarono per un po', poi all'improvviso scorsero qualcosa.

– Ci siamo – disse Teddy.

Davanti a loro c'era un enorme cumulo di neve. Proprio sulla cima videro un camino dal quale usciva un filo di fumo. Da una finestrella rotonda filtrava la luce di una lanterna.

– So che dovete recuperare da soli l'occhio del Mago dei Ghiacci – disse Teddy. – Ma vorrei almeno dare una sbirciatina alle Norne.

Così, senza fare rumore, scivolò fino alla finestra e diede un'occhiata all'interno.

Gli altri lo raggiunsero. Sul pavimento ardeva un fuoco. La luce delle fiamme illuminava tre strane creature sedute davanti a un grande telaio. Jack trattenne il fiato. Le tre Sorelle del Destino erano semplicemente terrificanti! Magre come scheletri, con i capelli arruffati, nasi adunchi ed enormi occhi sporgenti.

Le dita ossute volavano leggere su un arazzo; molti altri erano impilati fino al soffitto.

– Assomigliano alle streghe delle favole – bisbigliò Annie.

– Già, però non lo sono – spiegò Teddy. – Ognuno di quegli arazzi è la storia di una vita.

– Uau! – mormorò l'amica.

– Beh, buona fortuna – disse il giovane stregone. – Io e Kathleen vi aspetteremo qui mentre entrate a recuperare l'occhio del mago.

All'improvviso, però, il silenzio fu rotto da un ululato terrificante.

– Accipicchia! – esclamò Annie.

– Lupi! – gridò Kathleen.

Teddy corse alla porta e la spalancò gridando: – Tutti dentro!

Senza farsi pregare, i quattro amici si precipitarono nella casa delle Norne.

5
Le Sorelle del Destino

TEDDY SBATTÉ LA PORTA sul muso dei lupi, mentre Jack tratteneva il respiro.

– Benvenuti! – esclamarono all'unisono le tre donne. Erano del tutto identiche fra loro a parte i vestiti di colori diversi: blu, marrone e grigio.

– Come state, Jack, Annie, Teddy e Kathleen? – chiese la Norna vestita di blu.

– Stiamo bene, adesso – rispose Annie.

Jack era davvero sorpreso che le Norne conoscessero i loro nomi. Malgrado l'aspetto un po' strano, avevano un sorriso cordiale e uno sguardo vivace: si sentiva a proprio agio. La casa era accogliente e poi era la prima volta che sentiva un po' di caldo da quando avevano lasciato Frog Creek.

– Avete fatto buon viaggio? – domandò la Norna con il vestito marrone.

– Sì. Siamo venuti con la slitta del Mago dei Ghiacci – spiegò Annie.

– E con l'aiuto di una Fune dei Venti – aggiunse Teddy.

La Norna con l'abito grigio soffocò un risolino, poi disse: – Sì, lo sappiamo! Mi piacciono le funi con i nodi.

– Una fune senza nodi sarebbe noiosa! – aggiunse quella vestita di blu.

– Una *vita* senza nodi sarebbe noiosa! – intervenne la Norna marrone.

Pur parlando animatamente, le tre sorelle avevano sempre continuato a lavorare al telaio. Gli occhi sporgenti non si staccavano mai dall'arazzo.

– Ci dispiace disturbarvi – disse Annie. – Ma Jack e io dobbiamo riportare al Mago dei Ghiacci il suo occhio per salvare i nostri amici Merlino e Morgana.

– Già, lo sappiamo – disse la Norna blu. – Stiamo tessendo proprio la storia del Mago dei Ghiacci. Venite a vedere...

I quattro amici si avvicinarono. L'arazzo era pieno di immagini nei colori dell'inverno... blu, grigio e marrone.

– Le immagini raccontano la storia della sua vita – spiegò la Norna marrone.

Una mostrava due bambini che giocavano insieme. Un'altra un ragazzino che inseguiva un cigno. Una terza due lupi bianchi, e infine una quarta rappresentava un occhio racchiuso in un cerchio.

– Qual è la storia dell'occhio? – domandò Jack.

– Molto tempo fa il Mago dei Ghiacci

venne a trovarci per chiederci tutta la sapienza del mondo – raccontò la Norna grigia. – Gli dicemmo che gli avremmo dato la sapienza in cambio di uno dei suoi occhi. E lui accettò.

– Non mi sembra una cosa molto saggia – osservò Annie.

– Infatti, – disse la Norna marrone – abbiamo piantato i semi della sapienza nel

suo cuore, ma non sono mai germogliati.

– Perché gli avete chiesto un occhio? – domandò Jack.

– Per darlo al Gigante del Gelo – rispose la Norna blu.

– Il *Gigante del Gelo*? – esclamò Teddy. – E chi è?

– Non è né un mago, né un mortale – spiegò lei. – È una forza cieca della natura che non risparmia niente e nessuno.

– Speravamo che il gigante usasse l'occhio del mago per vedere quanto è *bello* il mondo, così forse avrebbe cominciato ad amarlo invece di distruggerlo – continuò la Norna marrone. – Purtroppo, però, non ha mai usato il nostro regalo. Lo tiene nascosto… proprio dove l'abbiamo lasciato!

– Cioè dove? – domandò Annie.

– Il Gigante del Gelo dorme nella Montagna Cava – spiegò la Norna marrone.

– Nella Montagna Cava c'è un buco – aggiunse la Norna blu.

– Nel buco c'è un chicco di grandine – continuò la Norna marrone.

– E al centro del chicco di grandine è nascosto l'occhio del mago – concluse la Norna grigia.

Jack chiuse gli occhi e ripeté:

– *Nella Montagna Cava c'è un buco.*
Nel buco c'è un chicco di grandine.
Al centro del chicco di grandine
è nascosto l'occhio del mago.

– Sì! – esclamò la Norna grigia. – È là che dovete andare, ma fate attenzione: per nessuna ragione dovete guardare il Gigante del Gelo. Tutti coloro che lo fanno muoiono all'istante, congelati.

Rabbrividendo, Jack annuì.

– Beh, faremo meglio ad andare – disse Annie. – Grazie per l'aiuto. Il Mago dei Ghiacci ha detto di darvi quello che volete.

Le Norne si scambiarono un'occhiata.

– Mi piacerebbe quella cosa che porti intorno al collo – disse la Norna grigia. – È rossa come l'aurora –. Le altre due donne annuirono energicamente.

– Volete dire la mia sciarpa? – chiese Annie. – Ma certo, tenete. – Si tolse la sciarpa scarlatta e la posò vicino al telaio.

– Che carina! – disse la Norna blu. – Forse dovremmo smettere di tessere destini e iniziare con le sciarpe!

Le sorelle ridacchiarono. – Bene, adesso andate – disse la Norna grigia. – Seguite la Stella Polare. Quando arriverete alle montagne, cercate quella senza punta.

Jack, Annie e Teddy si diressero verso la porta, ma Kathleen rimase indietro. – Scusatemi, avrei ancora una domanda – disse. Indicò sull'arazzo l'immagine del cigno e del ragazzo. – Potete raccontarmi questa storia?

– È una storia dolorosa – cominciò la Norna grigia. – Il Mago dei Ghiacci aveva una sorellina che lo amava più di qualsiasi altra cosa al mondo. Un giorno i due fratelli litigarono per una sciocchezza e lui le disse di sparire per sempre dalla sua vista. La bambina fuggì piangendo fino al mare, dove uno stormo di giovani cigni le diede un abito di piume bianche. Lei lo indossò e diventò una di loro. Volò via e non tornò mai più.

– Da allora il Mago dei Ghiacci è diventato cattivo e insensibile – continuò la Norna blu. – È come se, volando via, la sorella avesse portato con sé il suo cuore.

– Che racconto triste – mormorò Annie. – E come va a finire la storia del Mago dei Ghiacci?

– Sarete voi e non noi a stabilirlo – rispose la Norna marrone.

– Noi? – domandò Annie.

– Sì – disse la Norna grigia. – I nostri poteri si stanno indebolendo. Niente va più come abbiamo previsto. Quindi tocca a voi terminare questa storia.

Le tre sorelle sorrisero, mentre le dita

nodose volavano sull'arazzo come farfalle sui fiori.

Jack non poté fare a meno di ricambiare il sorriso. Poi, però, pensò a Merlino e a Morgana. Pensò a tutti i pericoli che li aspettavano fuori dalla porta. – Ancora una domanda – disse. – Mi raccontate la storia dei lupi bianchi?

– Oh, i lupi... – sospirò la Norna blu. – Non dovete temerli. Una vita senza lupi sarebbe davvero noiosa! –. Le sorelle annuirono sorridendo.

Per un istante, Jack non ebbe più paura dei lupi... e nemmeno del mago o del gigante nascosto nel cuore della montagna.

– Arrivederci! Arrivederci! Arrivederci! – li congedarono le tre sorelle.

I quattro amici le salutarono con la mano. Poi scivolarono fuori dalla porta, fuori, nella notte gelida.

6
Nella Montagna Cava

FUORI, AL FREDDO, Jack fu invaso ancora dalla paura. La luna illuminava una serie di grosse impronte, che giravano tutt'intorno alla casa.

– I lupi sono arrivati fin qui – mormorò Kathleen.

– Forse dovremmo tornare dentro – propose Teddy.

– No – disse la focina. – Dobbiamo tornare alla slitta con Jack e Annie e aiutarli a raggiungere la Montagna Cava.

– Sì, naturalmente – annuì il giovane stregone.

Si incamminarono verso gli scogli. Jack si voltò un'ultima volta per guardare la casa delle Norne. Avrebbe dato qualsiasi cosa per poter tornare al caldo e al sicuro. Kathleen gli posò una mano sulla spalla. – Sbrigati, – disse – non avete molto tempo.

Jack si infilò insieme agli altri nella strettoia tra le rocce. Quando arrivarono dall'altra parte, non c'era traccia dei due lupi. La slitta d'argento li aspettava, illuminata dai raggi della luna. Jack e Annie salirono a bordo.

– Davvero non potete venire con noi? – chiese Jack a Teddy. – Avevi detto che se uniamo le forze possiamo fare qualsiasi cosa, ricordi?

– È vero – rispose Teddy. – Ma il Mago

dei Ghiacci ha detto la verità. Solo i mortali possono annullare uno scambio con le Norne.

– Non abbiate paura – disse Kathleen. – Saremo con voi con lo spirito. Vi aspettiamo all'alba al palazzo di ghiaccio.

– Come farete a raggiungerlo? – domandò Annie.

– Ho qualche rima che potrebbe aiutarci – rispose Teddy con un sorriso.

– E io ho un po' di magia focina – aggiunse Kathleen.

– E noi abbiamo la nostra Fune dei Venti! – disse Annie.

– Sbrigatevi, allora. Andate alla Montagna Cava – li esortò Kathleen.

– E ricordatevi quello che hanno detto le Norne – si raccomandò Teddy. – Non guardate mai il gigante.

– Me ne ricorderò – disse Jack. Prese la Fune dei Venti, si tolse i guanti e sciolse un nodo. Una leggera brezza iniziò a soffiare. Jack sciolse il secondo nodo. La brezza si fece più forte, la vela si gonfiò e i pattini della slitta cominciarono a scivolare sulla neve.

Jack sciolse ancora un nodo. Il vento diventò forte. La vela si tese facendo muovere la magica nave.

– Tenetevi forte! – gridò Teddy.

Jack e Annie si sbracciarono per salutare gli amici, mentre la slitta scivolava velocemente sul mare ghiacciato. Dopo pochi minuti raggiunsero il deserto di neve e proseguirono sobbalzando finché all'improvviso la slitta virò a destra.

– No, dobbiamo seguire la Stella Polare! – gridò Jack alla sorella.

Annie afferrò il timone e riportò il veliero nella giusta direzione, verso la stella che brillava all'orizzonte. Jack si strinse nelle braccia, cercando di scaldarsi. Continuava a guardarsi intorno, ma dei lupi bianchi non c'era traccia. Dopo qualche minuto, all'orizzonte apparve una catena montuosa. Le cime erano tutte ricoperte di neve. – Guarda, Annie! – disse Jack, indicando l'unica montagna senza punta. – Eccola!

– Ferma la slitta! – gridò Annie.

Jack strinse un nodo dopo l'altro finché il vento cessò completamente e la slitta si fermò ai piedi della Montagna Cava. I due ragazzini scesero a terra. Jack fissò il versante ripido e altissimo. – Come facciamo a entrare nella tana del gigante? – chiese.

– Non lo so, – rispose Annie – secondo te, lui come fa?

– Io non ne ho idea... – mormorò Jack scuotendo la testa. Avrebbe tanto voluto che Teddy e Kathleen fossero lì con loro! Era come se alla loro squadra mancasse qualcosa.

Annie sembrò leggergli nel pensiero. – Possiamo farcela – disse. – Dobbiamo, per Morgana e per Merlino...

Jack annuì. – Hai ragione – disse. Si misero a esaminare la montagna, che alla luce della luna brillava come un diamante.

– Credi che quella lassù sia un'apertura? – domandò Annie.

– Può darsi – rispose Jack. – Saliamo a controllare. – Si arrampicarono, aiutandosi l'uno con l'altra. Quando furono un po' più in alto, Jack vide che si trattava proprio di una fenditura nella roccia.

– Vediamo se porta dentro! – esclamò Annie.

– Aspetta... e se incontriamo il gigante? – protestò Jack.

– Non so perché, ma ho l'impressione che non sia qui in questo momento – rispose Annie. – Sarà meglio entrare e cercare l'occhio del mago prima che torni.

– Okay – convenne Jack. – Ma stai attenta!

I due fratelli si arrampicarono faticosamente fino alla spaccatura nella roccia e si infilarono nel ventre della montagna. Poco dopo si ritrovarono su uno sperone roccioso che si protendeva sopra una grotta circolare.

In fondo c'era un cumulo di neve con una profonda impronta nel centro. – Deve essere lì che dorme il gigante... – osservò Annie.

– Già, e probabilmente è lì che nasconde l'occhio – aggiunse Jack. – Non dobbiamo fare altro che trovare un buco. Ricordi? –. Ripeté ad alta voce le parole delle Norne:

– *Nella Montagna Cava c'è un buco.*
Nel buco c'è un chicco di grandine.
Al centro del chicco di grandine
è nascosto l'occhio del mago.

– Giusto! – disse lei.

Jack sorrise alla sorellina. – Andiamo?

– Certo – mormorò lei.

Cercando di non fare alcun rumore, Jack e Annie scesero nella grotta.

Camminarono in punta di piedi, esaminando il terreno alla ricerca del famoso buco. Quando, a un tratto, Annie inciampò e cadde.

– Accipicchia! – disse. – Penso di avere trovato il buco! Ci ho appena messo dentro il piede!

– Davvero? – chiese Jack, inginocchiandosi vicino a lei. Annie infilò la mano in

una cavità sul fondo della grotta. – C'è qualcosa! – esclamò, tirando fuori un pezzo di ghiaccio grande come un uovo. – È il chicco di grandine!

Nella penombra della grotta era impossibile vedere se all'interno si nascondesse qualcosa. – Non so se questo chicco è quello giusto, c'è troppo buio e non si vede niente! – obiettò Jack. – Dobbiamo aspettare per vedere se dentro c'è l'occhio.

– *È* quello giusto – ribatté Annie. – Credi che ci siano molti altri chicchi di grandine nascosti in un buco dentro una montagna cava?

– Il ragionamento non fa una piega – ammise Jack.

Annie si rigirò il chicco di grandine tra le mani. – Forse in questo momento l'occhio ci sta osservando – disse.

– Questo è scientificamente impossibile – osservò il fratello. – Un occhio non può vedere, a meno che non sia collegato al cervello.

– Già. E una fune non può far alzare il vento – osservò ironica Annie. – Dimenticati la scienza in questo posto. Ehi! Aspetta... Hai sentito anche tu?

– Sentito *cosa*? – domandò Jack.

La sorellina aveva ragione, il suolo stava tremando.

Tendendo l'orecchio, Jack sentì anche un rumore... un rumore sordo e profondo che proveniva dall'esterno.

PFFFF, PFFFF, PFFFF...

Sembrava qualcuno che respirasse! Qualcuno con dei polmoni enormi!

– Il gigante è tornato! – esclamò Annie.

– Oh, no! – gemette Jack.

Il terreno non smetteva di sussultare e anche il respiro diventò più forte.

– Nascondi il chicco di grandine! – disse Jack.

Subito Annie se lo infilò in tasca.

PFFFF, PFFFF, PFFFF...

A quel punto i due fratelli erano sicuri che il gigante stesse entrando nella caverna!

– Arriva! – piagnucolò Annie.

– Nascondiamoci! – sussurrò Jack, spingendola dietro un masso. Improvvisamente si ricordò dell'avvertimento della Norna grigia: «Tutti coloro che guardano il Gigante del Gelo muoiono congelati all'istante».

– Qualsiasi cosa succeda, non guardarlo! – raccomandò alla sorella.

Accovacciati nel buio, i due ragazzini si coprirono gli occhi con le mani e aspettarono.

7
Il Gigante del Gelo

OGNI VOLTA CHE IL GIGANTE respirava, un soffio di vento gelido penetrava nella caverna.

Jack tremava, gelato fino alle ossa.

PFFFF, PFFFF, PFFFF…

Il suono aumentava d'intensità… era sempre più vicino… Jack strinse forte gli occhi mentre l'aria gelata gli intirizziva tutto il corpo.

PFFFF, PFFFF, PFFFF...

Jack si rannicchiò, abbracciando forte la sorellina, ripensando con terrore alle parole della Norna blu: «È una forza cieca della natura...».

Fu a quel punto che il respiro del gigante sembrò affievolirsi.

– Cosa sta succedendo? – bisbigliò Jack.

Il respiro era sempre più leggero e regolare.

– Forse si sta addormentando – sussurrò Annie.

Il vento diventò una brezza leggera.

– È il momento, – disse sottovoce Annie – dobbiamo cercare di uscire di qui.

– D'accordo, ma non guardare in alto. Guarda sempre a terra! – sussurrò Jack.

– Va bene – rispose Annie in un soffio.

Con le teste chine, i due fratellini scivolarono silenziosamente fuori dal nascondiglio, verso la fessura. A Jack battevano i denti, non capiva se per il freddo o per la paura. All'improvviso, il silenzio della notte fu rotto da un ruggito assordante! Il gigante era sveglio e urlava furiosamente!

Nel tentativo di scappare, Jack scivolò e cadde a terra.

– Jack! Vieni qua! – gridò Annie prendendogli una mano e aiutandolo a rimettersi in piedi.

La furia del vento li sbatteva contro le rocce, ma finalmente riuscirono a raggiungere la fenditura. Una volta all'aria aperta, una raffica più violenta delle precedenti li fece cadere. Rotolarono giù dal pendio in un turbinio di neve.

– Annie! Annie! – chiamò Jack. Dov'era finita sua sorella? Dov'era la slitta? Non vedeva niente e non riusciva nemmeno a mantenersi dritto. Il vento ululava sempre più forte. A un tratto, una valanga scese con fragore giù dalla montagna ed esplose in una gigantesca nuvola di pulviscolo ghiacciato.

– Jack! Jack!

La voce di Annie si confondeva con il ruggito del vento. Jack cercò di rialzarsi, ma senza risultato, perché la neve continuava a cadergli addosso e, alla fine, lo ricoprì completamente. Sapeva che avrebbe dovuto scavare per liberarsi, ma provava troppo freddo ed era troppo stanco. Troppo stanco per cercare Annie. Troppo stanco per lottare con il gigante. Così chiuse gli occhi e scivolò in un sonno gelido.

Jack sognò che una pelliccia fredda gli accarezzava la faccia. Un lupo scavava la neve intorno a lui, tirandolo, spingendolo, annusandolo...

Aprì gli occhi. Si sentiva intontito. Non riusciva a vedere niente, ma sentiva di non essere più coperto dalla neve. Ripulì gli occhiali. La luna era bassa nel cielo, illuminato da rare stelle.

«Il Gigante del Gelo deve essersene andato» pensò. Poi sentì qualcuno che respirava, proprio accanto a lui. Si mise a sedere e si guardò attorno. Uno dei lupi bianchi era accucciato alle sue spalle!

Jack balzò in piedi. – Vattene via! – gridò, mentre il lupo arretrava con un ringhio sordo.

– Via! Via! Via! – gridò ancora Jack. Fece una palla di neve e la scagliò addosso alla bestia che arretrò di qualche passo, ma non fuggì. Jack, disperato, notò Annie che giaceva immobile sulla neve. L'altro lupo la stava annusando.

La rabbia gli fece dimenticare la paura. – Lasciala stare! – gridò. – Vattene via! Raccolse dell'altra neve e la tirò al lupo.

L'animale si allontanò da Annie.

– VIA! VIA! – gridò Jack. – Andate via! Lasciateci stare! –. Jack fissò minaccioso le due bestie e quelle ricambiarono lo sguardo, con i loro occhi gialli.

– Non scherzo… ANDATE VIA! – gridò Jack, fissandoli con aria minacciosa. E,

alla fine, i lupi distolsero lo sguardo. Poi, lentamente, arretrarono. Dopo un'ultima occhiata ai due ragazzini, si girarono e si allontanarono di corsa nella neve.

Jack corse verso Annie. Si inginocchiò accanto a lei e le sollevò la testa.

– Svegliati! Forza, svegliati!

Annie aprì gli occhi.

– Stai bene? – chiese ansioso Jack.

– Sì... ho sognato i lupi bianchi – mormorò lei.

– Anch'io! E quando mi sono svegliato, erano qui! Stavano per mangiarci!

– Davvero?

– Sì, ma io li ho fatti scappare – continuò Jack.

– Cosa è successo al gigante? – domandò Annie.

– Se ne è andato anche lui – rispose il ragazzo. – Vieni. Andiamocene!

Jack aiutò Annie ad alzarsi. – Hai ancora l'occhio del mago?

La bambina infilò la mano in tasca. – Sì, ce l'ho – disse.

– Bene.

Dietro ai cumuli di neve, la slitta d'argento li stava aspettando. Nel frattempo, però, il cielo era diventato grigio chiaro.

– È quasi l'alba – disse Jack. – Ricordi le parole del mago? Dobbiamo riportargli l'occhio prima che faccia giorno, altrimenti... non rivedremo più Merlino e Morgana!

Tenendosi per mano, i due fratellini corsero nella neve fino al veliero. Si arrampicarono a bordo. Jack tirò fuori la Fune dei Venti e sciolse un nodo. La brezza fece ondeggiare la nave scintillante. Un altro nodo e la vela iniziò a gonfiarsi. Ne sciolse un altro e la slitta d'argento iniziò a muoversi sulla distesa bianca.

SSSH... SSSH... SSSH.

La slitta pattinava sulla neve allontanandosi dalla Montagna Cava, mentre il cielo da grigio diventava rosa.

– Dobbiamo andare più in fretta! – disse Annie.

Jack sciolse un altro nodo. Il vento gli soffiò nelle orecchie. La slitta prese velocità. Annie la guidò oltre gli scogli, verso il palazzo del Mago dei Ghiacci.

Quando arrivarono vicino al palazzo, Jack fece tre nodi e la slitta si fermò docilmente. – Chissà dove sono Teddy e Kathleen – si chiese Annie. – Avevano promesso di aspettarci qui.

Jack scrutò la vasta distesa bianca, ma non vide traccia dei due amici. Desiderò disperatamente la vista acuta di Kathleen. – Spero che stiano bene – disse. – E che non abbiano incontrato i lupi.

– Non so perché, ma sento che i lupi non gli avrebbero fatto del male – disse Annie. – Quello che ho sognato io sembrava gentile.

– I sogni sono molto diversi dalla realtà – le fece notare Jack.

– Non possiamo aspettare Teddy e Kathleen – disse Annie. – Dobbiamo portare l'occhio al mago prima che sorga il sole.

– L'occhio! – esclamò Jack. – Non abbiamo mai controllato se è davvero dentro il chicco di grandine!

Annie infilò la mano in tasca, tirò fuori il pezzo di ghiaccio e lo mostrò al fratello.

Jack rimase a bocca aperta. Un occhio tondo li stava fissando. Era bianco, con l'iride azzurra e brillante.

– Oh, cavoli! – mormorò Jack.

– È bello, vero? – disse Annie.

– Non saprei –. Jack si sentiva lo stomaco sottosopra. Non era una cosa normale vedere un occhio fuori dalla sua testa!

– Adesso mettilo via, per favore – disse.

Mentre Annie obbediva, Jack ne approfittò per scrutare il cielo. Da rosa, si stava tingendo di rosso. Tra poco il sole sarebbe sorto all'orizzonte.

– È quasi l'alba! – gridò Jack. – Presto!

Senza perdere tempo, i due ragazzi saltarono giù dalla slitta per precipitarsi al palazzo. Arrivati al portone, però, Annie si fermò. – Guarda! – disse, indicando una serie di grosse impronte nella neve fresca. – Sono di lupo!

– Oh, no – gemette Jack. – Pensi che siano nel palazzo?

– Non importa! Dobbiamo entrare! Presto! – disse Annie. Spingendo il fratello, corse dentro... proprio mentre la sfera fiammeggiante del sole sorgeva a est.

8
L'occhio del mago

JACK E ANNIE attraversarono l'atrio, superarono le colonne di ghiaccio ed entrarono nella sala del trono. Le pareti e il pavimento brillavano nella luce vermiglia dell'alba.

– Iu…uuuh – chiamò Jack.

Il mago li stava aspettando, seduto sul suo trono. Ai suoi piedi dormivano i due lupi dal manto candido. Jack era confu-

so. «Cosa ci fanno qui?» si chiese. «Appartengono al mago?»

Come se avessero sentito, gli animali sollevarono la testa e annusarono l'aria, le orecchie dritte. Quando videro Jack e Annie, gli corsero incontro fissandoli con i penetranti occhi gialli.

Anche il Mago dei Ghiacci li guardava con attenzione. – Allora? – chiese alla fine. – Mi avete riportato l'occhio?

– Sì – rispose Jack.

Annie tirò fuori dalla tasca il chicco di grandine e lo porse al mago. Jack fissò nervosamente i lupi mentre l'oggetto dello scambio passava dalla manina di Annie a quella grande e rugosa del mago. Lui osservò il pezzo di ghiaccio, poi i due ragazzini, esclamando: – Siete davvero due eroi!

– Non esageriamo... – mormorò Jack.

Il mago guardò di nuovo il suo occhio lustro, azzurro e perfettamente conservato. Quindi, con un movimento rapido, batté il pezzo di ghiaccio contro il bracciolo del trono. Jack e Annie fecero un balzo indietro. Un altro colpo, e finalmente il ghiaccio si ruppe. Il mago estrasse delicatamente l'occhio dal ghiaccio scheggiato. Lo sollevò in alto e lo esaminò con cura. Infine, con un grido di gioia, si strappò via la benda nera. Jack e Annie lo guardarono a bocca aperta mentre rimetteva l'occhio nell'orbita vuota. Jack trattenne il respiro. Era disgustato e allo stesso tempo affascinato. Terminata l'operazione, il mago abbassò la mano. Adesso aveva tutti e due gli occhi, ma quello ritrovato non si muoveva. Sembrava... congelato. Il ragazzo cominciò a preoccuparsi. Se l'occhio non funzionava, il mago avrebbe potuto rifiutarsi di aiutarli. – Ti... ti abbiamo riportato l'occhio – disse. – Adesso, potresti dirci dove sono Merlino e Morgana?

Il mago inclinò la testa e lo guardò. Si coprì un occhio con la mano. Poi coprì

l'altro. Freneticamente, continuò a coprire e scoprire prima un occhio poi l'altro. Alla fine lasciò ricadere la mano. – NO! – ruggì. Il grido fece tremare le colonne. – Mi avete ingannato!

– Non è vero – protestò Annie.

– Quest'occhio è inutile! – gridò il mago. – È senza vita! Cieco!

– Ma è l'occhio che hai dato alle Norne! – esclamò Annie. – Hai promesso che, se te lo avessimo riportato, ci avresti restituito Merlino e Morgana.

I due lupi gettarono indietro la testa e ulularono.

– NO! – urlò ancora il mago. – Bugiardi! Mi avete ingannato!

– Usciamo di qui – mormorò Jack, trascinando Annie verso le colonne di ghiaccio.

– FERMATEVI! – gridò il mago. – NON POTETE SFUGGIRMI!

Detto questo, afferrò il Bastone della Forza di Merlino. I lupi ringhiavano e guaivano. Il mago puntò il bastone verso Jack e Annie e iniziò a pronunciare un incantesimo: – *Ro-weee...*

– FERMO! – urlò una voce. Teddy irruppe nella sala. – Aspetta! Fermati!

Con il bastone a mezz'aria, il mago si girò verso Teddy. Aveva il viso contorto per la rabbia e la frustrazione.

– Abbiamo qualcosa per te! – gridò Teddy. – Kathleen, vieni!

La bellissima focina spuntò da dietro le colonne di ghiaccio. Insieme a lei c'era una fanciulla dalle lunghe trecce. Indossava un abito bianco e, sulle spalle, un mantello di piume. Mentre i suoi occhi turchini si posavano sul mago, un sorriso raggiante le illuminò il viso. Lentamente, cominciò a camminare verso il trono.

Il mago abbassò il bastone. Fissò la fanciulla, pallido e stravolto. Per un lun-

go istante rimase immobile come una statua. Poi, una lacrima azzurra come un ghiacciaio spuntò dall'occhio congelato e scese lungo la guancia. Jack e Annie si fermarono accanto a Kathleen e Teddy. La fanciulla e il Mago dei Ghiacci si fissavano senza parole.

– È sua sorella? È la bambina trasformata in cigno? – chiese sottovoce Annie.

– Sì – sussurrò Kathleen.

La fanciulla parlò al Mago dei Ghiacci in una strana lingua: – *Val-ee-ven-o-wan.*

Il mago non rispose. Le lacrime gli sgorgavano copiose da entrambi gli occhi.

– *Val-ee-ven-o-wan* – ripeté la fanciulla.

– Cosa sta dicendo? – domandò Jack.

– Dice: «Sono tornata per perdonarti» – spiegò Kathleen.

Il mago si alzò in piedi. Scese i gradini del trono. Sfiorò dolcemente il viso della fanciulla, come per assicurarsi che non fosse un sogno. Poi rispose sottovoce nella strana lingua: – *Fel-o-wan*.

– Come avete fatto a trovarla? – chiese Jack a Teddy.

– Una foca ci ha guidati sotto il mare gelato fino all'Isola dei Cigni – rispose Teddy.

– Quando l'abbiamo trovata, le ho detto che il mago sentiva molto la sua mancanza – continuò Kathleen. – Le ho raccontato anche di voi due e di come vi aiutate sempre a vicenda. Le ho detto che doveva tornare da suo fratello e fare la pace con lui.

Il mago e sua sorella continuavano a

parlare sottovoce nella loro strana lingua. La tiepida luce del sole brillava attraverso le finestre del palazzo. Annie fece un passo avanti. – Ehm... scusate – disse.

Il mago si voltò verso di lei. – Mia sorella è tornata a casa – disse, ancora frastornato. – Adesso ci vedo con tutti e due gli occhi. Vedo benissimo.

– Mi fa piacere, – disse Annie – ma adesso devi restituirci Merlino e Morgana.

Il mago guardò la sorella, che annuì. Così il mago sollevò il Bastone della Forza e disse: – Usa questo per riportarli indietro. Stringilo e grida il loro nome.

Il bastone era così pesante che Annie riusciva a malapena a reggerlo.

– Aiutami, Jack – implorò.

Jack si avvicinò e afferrò il bastone magico. Era liscio, lucido e vibrante. Annie gettò indietro i capelli e gridò: – Merlino! Morgana! Tornate indietro!

Un raggio di luce blu si liberò dalla

punta del bastone per dirigersi verso i due lupi. E, all'improvviso, gli occhi degli animali divennero umani! Le zampe tornarono mani e piedi! Le pellicce, lunghi mantelli rossi!

I due lupi erano scomparsi. Al loro posto c'erano un uomo e una donna.

9
Un cuore saggio

– MERLINO! MORGANA! – esclamò Jack. Teddy e Kathleen gridarono di gioia. Annie corse verso Morgana e la abbracciò. Jack era così sollevato che quasi non riusciva a parlare. – Salve! – fu tutto quello che riuscì a dire.

– Bentornato, Signore! – disse Teddy a Merlino.

– Grazie – rispose il mago di Camelot.

Poi si rivolse a Jack e Annie. – E grazie anche a voi per averci fatti tornare noi stessi.

– Non avevamo capito che voi due eravate i lupi! – esclamò Annie.

– Vi seguivamo nel caso aveste avuto bisogno di aiuto – le spiegò Morgana.

– Il mago ci ha detto che dovevamo scappare da voi, altrimenti ci avreste divorati! – disse Jack.

– Davvero? – chiese Morgana.

Tutti si voltarono verso il Mago dei Ghiacci. In piedi vicino alla sorella, l'uomo abbassò lo sguardo con aria colpevole.

– Temevo che, se si fossero avvicinati troppo, avrebbero scoperto chi si nascondeva sotto quella bella pelliccia... – disse. – Ma da ora in poi non farò più niente di male, lo prometto... perché adesso sono tornato a vedere –. Il mago guardò la sorella, gli occhi azzurri brillavano per la gioia.

– Riesci a vedere perché hai riavuto il tuo cuore – disse Morgana. – Non ti mancava solo un occhio: il cuore era volato via. E per vedere servono sia gli occhi sia il cuore.

– Ora, forse, riuscirai a trovare la sapienza che avevi chiesto alle Norne, – aggiunse Merlino – perché la sapienza è ciò che si impara con il cuore, e con la testa.

Il Mago dei Ghiacci annuì. – E io spero che voi troviate nei vostri cuori la forza di perdonarmi – disse. – Usate pure la mia slitta per tornare a casa.

– Sì, ora dobbiamo proprio andare – disse Morgana. – Siamo stati lontani troppo tempo.

– La prossima volta che verrai a Camelot, amico mio, sarai nostro gradito ospite – intervenne Merlino. – Non presentarti più in piena notte, come un ladro.

– Porta anche tua sorella – aggiunse Morgana.

Merlino guardò Jack, Annie, Teddy e Kathleen. – Siete pronti? – domandò.

– Sì, Signore – risposero in coro.

Merlino guardò il Bastone della Forza che Jack teneva ancora tra le mani.

– Oh! Scusami, quasi me ne dimenticavo – disse Jack, porgendo al mago il talismano per il quale avevano affrontato tanti pericoli.

Merlino strinse il Bastone della Forza, e sembrò subito più potente. – Partiamo! – disse allegramente.

Merlino e Morgana si incamminarono fuori dalla sala del trono, i mantelli rossi fluttuanti. Teddy e Kathleen li seguirono, imitati subito dai due ragazzi di Frog Creek. Prima di uscire dalla stanza, Jack e Annie si voltarono a guardare un'ultima volta il Mago dei Ghiacci e sua sorella, che si erano rimessi a parlare fra loro.

– Sono anni che non si vedono – osservò Annie. – Devono avere un sacco di cose da raccontarsi.

– Già – disse Jack. Non riusciva nemmeno a immaginare di non vedere Annie per così tanto tempo, e disse solo: – Vieni, andiamo.

Fuori dal palazzo, seguirono gli amici fino alla nave dei ghiacci. Salirono tutti a bordo, ridendo e congratulandosi l'uno con l'altro.

Annie sedette al timone. Jack si mise a prua, sfoderò la Fune dei Venti e sciolse un nodo. La slitta oscillò leggermente. Ne sciolse un altro e la slitta iniziò ad avanzare, ma molto lentamente. La slitta era più pesante di prima, perciò Jack sciolse altri due nodi e presto cominciarono a sobbalzare sulla neve.

– Tenetevi forte! – disse Teddy.

Mentre la slitta si allontanava dal regno del Mago dei Ghiacci, Annie guardò Merlino e Morgana. – Devo chiedervi una cosa – disse la ragazzina. – Potete dirci che aspetto ha il Gigante del Gelo?

Merlino sorrise. – Non esiste alcun gigante – rispose.

– *Cosa?* – esclamarono Teddy e Kathleen.

– Certo che c'è – disse Annie. – L'abbiamo sentito respirare!

– Spesso, la notte, il vento soffia come un ciclone nella Montagna Cava – spiegò Merlino. – Avete assistito a uno di questi fenomeni.

– Ma, allora, perché le Norne ci hanno raccontato di aver regalato l'occhio del mago al gigante? – domandò Jack.

– Molte creature del passato pensavano che le forze della natura fossero esseri giganteschi o mostruosi – disse Morgana. – Le Norne sono le ultime rappresentanti della loro specie. Continuano a pensare al Gigante del Gelo come a un essere vivente, che abita nelle viscere della montagna. In realtà, il Gigante del Gelo non ha mai accettato il loro regalo perché non esiste alcun gigante.

Jack scosse la testa. – Abbiamo creduto a quello che credevano loro. Ci hanno detto che se avessimo guardato il Gigante del Gelo saremmo morti congelati.

– E abbiamo creduto anche a quello che ci ha detto il mago, – aggiunse Annie – che i lupi ci avrebbero mangiato se ci avessero presi!

– Spesso le persone cercano di convincerci che il mondo sia più spaventoso di quanto non sia in verità – disse Morgana.

Jack pensò che in quel momento il mondo non sembrava per niente spaventoso. Tutto era luminoso e tranquillo. Una dolce luce rosata filtrava attraverso le nuvole del mattino.

– Oggi è il primo giorno d'inverno – disse Morgana. – La luce comincia a tornare e le giornate si allungano.

Jack si voltò a guardare il sole. Vide la magica casetta in cima a un cumulo di neve, poco lontano. Fece un nodo alla fune, poi altri tre, e il veliero si fermò sollevando uno sbuffo di nevischio.

Merlino guardò i quattro ragazzi. – Oggi, nel giorno del solstizio d'inverno, voi avete dimostrato grande coraggio – disse. – Avete sopportato bufere di neve, terrore e un freddo terribile. Avete riunito il Mago dei Ghiacci e sua sorella. E, soprattutto, mi avete restituito il Bastone della Forza. Vi ringrazio.

– Di niente – dissero umilmente Jack e Annie.

– Avete fatto molto per il regno di Camelot durante le vostre ultime quattro missioni – proseguì Merlino. – Nella vostra prossima avventura, andrete in missione nel vostro mondo e nel vostro tempo, non in quello leggendario dei miti e della magia.

– Vi manderemo a chiamare presto – promise Morgana.

– Forte! – esclamò Annie.

I due fratelli scesero dalla slitta, poi sorrisero a Teddy e Kathleen. – Spero che ci aiuterete anche la prossima volta – disse Annie.

Teddy sorrise. – Se uniamo le nostre forze possiamo fare qualsiasi cosa, vero?

– Verissimo! – risposero in coro Jack e Annie. Poi si girarono, salirono sul mucchio di neve, si arrampicarono sulla scaletta ed entrarono nella magica casa sull'albero. Quando guardarono fuori dalla finestra, il veliero dei ghiacci era scomparso.

– Arrivederci... – sussurrò Annie.

Jack raccolse dal pavimento la piccola pietra grigia che recava il messaggio di Merlino. Poi puntò il dito sulle parole "Frog Creek". – Vorrei tanto tornare a casa! – disse.

Il vento cominciò a soffiare.

La magica casa sull'albero cominciò a girare vorticosamente su se stessa.

Il vento ululava e la casetta girava sempre più veloce, sempre più forte.

Poi, all'improvviso, tutto si fermò, immobile.

Perfettamente immobile.

Jack aprì gli occhi. Erano tornati nei boschi di Frog Creek. Lì il tempo non era passato. Era quasi il tramonto. Fiocchi di neve cadevano come minuscole piume oltre la finestra della casetta magica. Annie rabbrividì. – Ho freddo – disse.

– Ecco... prendi la mia sciarpa – disse Jack, porgendogliela.

– No, serve a te – protestò lei.

– Dai, prendila. Io sto bene così –. Jack avvolse la sciarpa attorno al collo della sorellina. – Cosa dirai alla mamma quando ti chiederà che fine ha fatto la tua sciarpa? – domandò.

– Le dirò che l'abbiamo data alle Sorelle del Destino per ringraziarle di averci detto che l'occhio del Mago dei Ghiacci era in un buco nella Montagna Cava – rispose Annie.

– Giusto – disse Jack ridendo.

– Sarà meglio tornare a casa prima che faccia buio – disse Annie scendendo dalla scaletta. Jack la seguì.

Arrivati a terra, Jack si ricordò della Fune dei Venti. – Abbiamo dimenticato di restituirla – disse. Infilò la mano in tasca e mostrò la corda fatata a Annie. – Suppongo che la magia di Merlino abbia riportato la slitta a Camelot.

I ragazzini la fissarono per un istante.

– Sciogli un nodo – sussurrò Annie.

Jack si tolse i guanti e sciolse un nodo. Trattenendo il fiato, rimase in attesa, ma non accadde nulla. Guardò Annie con un sorriso. – Suppongo che nel nostro mondo sia solo un pezzo di corda – disse.

Rimise la fune in tasca, prese Annie per mano e insieme si incamminarono tra gli alberi, sul terreno coperto di neve. Tornando a casa, Jack cercò le impronte di Teddy e Kathleen, ma erano già scomparse. Uscirono dal bosco e si diressero a Frog Creek lungo la strada che tanto aveva spaventato i due amici. Dalle finestre delle case si vedevano le luci degli alberi di Natale e i davanzali erano illuminati dalle candele. Gli stivali scricchiolarono sul terreno gelato, mentre attraversavano il cortile. A quel punto, arrivati davanti ai gradini del portico, Jack si bloccò con la bocca spalancata.

Sul corrimano era appoggiata la sciarpa rossa di Annie.

– Non posso crederci! – esclamò quando si riprese dalla sorpresa.

– Io sì! – disse Annie.

Salirono di corsa i gradini e Annie afferrò la sua sciarpa. – Guarda! – disse, mostrandola a Jack. Nella trama del tes-

suto si distinguevano lui e Annie, insieme a due lupi bianchi. Jack era ammutolito.

– Forte, vero? – disse Annie. Restituì la sciarpa al fratello e avvolse la sua attorno al collo, nascondendo la parte con il disegno sotto il colletto della giacca.

Proprio in quel momento, la porta di casa si aprì. Un delizioso profumo di dolci appena sfornati si diffuse nell'aria.

– Ciao! – li accolse la mamma. – I biscotti sono pronti. Entrate a scaldarvi!

Indice

Libro Secondo

Festa di Halloween al castello fantasma

Libro Terzo

Mago Merlino e la Spada della Luce

Libro Quarto
Il Mago dei Ghiacci